雨野景太與
青春的
CONTINUE
1
GAMERS
電玩咖！
Kadokawa Fantastic Novels

C O N T E N T S

GAMERS
Keita Amano and youth continue

GAMERS 電玩咖！

雨野景太與青春的CONTINUE

1

Sekina Aoi
葵せきな

Kadokawa Fantastic Novels

彩頁、內文插畫／仙人掌

電　玩　咖　！

雨野景太與青春的CONTINUE

Keita Amano and youth continue

START

✖序章

我對所謂愛好平凡日常生活的平凡男主角從來就沒有什麼認同感。

儘管我本身就是平凡到令人欲哭無淚的高中生。

打個比方。

有個從故事開頭就被從小玩在一起的美少女叫起床，上學途中又在轉角處撞到傲嬌轉學生，在學校則被冰山美人學姊讚賞有加，身邊還有小惡魔型可愛學妹莫名其妙無條件倒貼的先天性現充臭男角。

〈——不過，其實我也滿喜歡這種平淡平凡的日常生活——〉

就算聽他懶懶地如此旁述，我心裡會湧上的情緒頂多只有……

「廢話！」

像這樣血淚交織且用盡全力的一句吐槽而已。絲毫找不到認同感。

另一方面，事實上偶爾也有和前述範例完全相反，偏愛那種真實感十足、沒什麼美少女出現的「平凡日常生活」的主角。然而要問我對他們是不是就有認同感，那又是另一回事

了。這同樣可以舉例……

〈黃昏時分。學生們的閒聊與笑聲，學校裡微微迴盪著管樂社的練習聲，還交雜了體育社團從操場傳來的喧鬧。一如往常，平平淡淡的放學後……就讀高中二年級的我——雨野景太，卻打從心裡熱愛如此平凡的日常生活。〉

就算用這種亂硬派的口吻娓娓道來——

「敢、敢情這位是闖蕩過戰場的男子漢嘍……？」

到頭來，我難免會感受到與剛才性質不同的價值觀差異。當然，並不是說因為這樣我就討厭這種路線的主角，我反而還覺得這屬於得我好感的主角，不過要提到有沒有認同感就又是另一個問題了。

以結論來說，從出生以後就徹徹底底置身於平凡日常生活的人……尤其是十幾歲的少年少女，對於自己的平凡以及平淡日常生活，到底有什麼理由要打從心裡感到認同乃至於愛好，我一點也無法想像。

至少我自己——雨野景太，平凡的十六歲高中男生——

到現在每晚每夜仍會在床上描繪自己被召喚到異世界當勇者的空想。

……………

呃，都念到高二了還講什麼鬼話啊，有那種閒工夫還不如認真思考升學或就職的事——坦白講，我自己也這麼認為，不過實際上就是沒辦法。

猛一回神，我才發現自己一直夢想著脫離平凡。

旅行時，我會期待自己成為在孤島洋樓被牽扯進殺人案的偵探；晚上一個人去便利商店也會緊張地想著會不會遇見趁夜色昏昏狩獵怪物的女主角；上課閒著沒事還會使勁發功看自己能不能用念力讓自動鉛筆憑空浮起，差不多一個月會試一次。

當然，我並沒有打從心裡相信真的會發生什麼就是了。

但我希望被容許懷著中樂透的一絲希望活下去。

這是因為——

我這個人的屬性，實際上就是「平凡」到令人絕望。

雨野景太，十六歲，高中二年級。A型，巨蟹座。個子小且偏瘦。

我和父母還有小我兩歲的弟弟住一起，四人家庭。在中產家庭的成長過程並沒有什麼顯著的困乏，祖父母及外祖父母都健在，與親戚間的關係也算良好。

大概是託我和弟弟都被教養得像乖學生的福，縱使我們兄弟倆偶爾會吵架，家人之間也從來沒有鬧到翻臉的經驗。雙親的夫妻關係美滿，全家人每隔一兩年也會在國內（而且大多選在近的地方）旅行。

社團經驗是在國小、國中都參加棒球社。不過我完全只當成與朋友來往的一環，並沒有投入熱情，更無特殊天賦，反倒是個缺乏運動神經的累贅。比賽碰到大贏或大輸時，在最後一局就會施捨機會讓我上場，不過坦白講，我並沒有非要上場給球隊添麻煩的意思。當然，我還是有認真參與就是了。

我的腦袋本身不算太差，課業方面多少也有信心，然而不知道是自負害了我或者電玩遊戲玩太多，成績在國中退步了一些，結果就考進當地偏差值較低的公立高中……音吹高中。

升學之際，由於從小學就熟識的朋友全都考到了其他學校，因此我的人際關係幾乎等於在此歸零重來。

可是當時尚未洗脫小學生那種超天真感性的我卻認為：「朋友自然而然就會交到嘛！」起步時自然落後一大截，結果渾渾噩噩地跟什麼人都沒有混得特別熟，一年就這樣過了。

到了二年級換完班級的現在，我依舊天天在下課時間獨自把玩手機或掌機。儘管這就是俗稱的「落單族」，偶爾也會有人嘻嘻哈哈地嘲笑我，不過我並沒有遭受太露骨的霸凌，是待在校園人際關係金字塔底部卻還算過得習慣的類型。

當然，有時候即使和班上同學講到話，內容也相當表面。

順帶一提，以往我在高中生活經歷過的所有對話當中，最親暱的一次對話是跟班上某群在我旁邊嚷嚷的男生……

「欸欸欸，雨野，你看ＪＵ〇Ｐ的方式屬於哪一派？」

「咦？啊，那個，呃，就用一般的方式，從最前面按照順序看……」

「對嘛！看吧，我就說雨野屬於按照順序派！你們要請我喝一罐飲料！」

如上。還有我在這段對話發生的當天，感覺一整天心情都亂好的。

……剛才在心裡想說：「你那樣不是比『平凡』還低一個層次嗎……」的傢伙，麻煩安靜一點，我聽了會有挫折感，淡然度過平凡人生導致我養成了這種玻璃心。我屬於看到自己喜歡的遊戲被狠狠批評就會白白沮喪一整天的那種人。

像我這樣要交女朋友當然是作夢。我在高中經歷過的戀愛相關事件，頂多只有……

〈當我在下課時間漫無目的地在學校裡遊蕩，就碰見有情侶在平常沒人經過的樓梯間一邊熱吻一邊對彼此上下其手。儘管時間曾在一瞬間停止，要是我調頭折回去也很奇怪。就在我裝出什麼也沒看見的態度走過他們旁邊，並且下樓感到鬆了一口氣的時候，上面就莫名其妙地傳來那對情侶的爆笑聲。〉

如此的經驗……坦白講，我到現在還不確定自己當時的反應正不正確。

啊，要談我自己的戀愛事件嗎？呃～～如果二次元也能算數——啊，不行嗎？這樣啊。喔喔……嗯，那就等於零經驗了。

咳。總之，我就是這麼一個平凡得不能再平凡的人，既沒有人氣王的氣場，也沒有突出的才華，話雖如此也沒有負面到惹人注目。

對全班同學來說，好比背景的「路人角」。這就是我，雨野景太。

假如要舉出我唯一有個人風格的特徵，就是我的名字幾乎跟某妖怪〇錶的男主角完全一樣，還有……

「興趣是電玩」。

就這樣而已。從之前的自我介紹中或許可以隱約感覺到吧，我喜歡電玩。電玩遊戲，打從心裡喜歡。沒什麼特別的理由，無條件地喜歡。

我在玩到有趣的遊戲時最幸福，只要有好玩的遊戲，我就可以克服大部分討厭的事情。這種行為更可以取代在我心中持續發作的中二病欲求，從這層意義來看，就算自己沒有被人專程召喚到異世界，能在這個世界開心地玩遊戲，我想大概也不錯。我就是這麼喜歡電玩。

從回家到晚餐之間的遊戲時間簡直只能用無上的幸福來形容，偶爾還可以跟弟弟大呼小叫地用電玩對戰，如此充滿歡笑的時光可不好找。

然而……對電玩喜愛至此的人在世上終究多不勝數。

到最後，這只是算不上特徵的特徵，稱不上個性的個性。

因此，接下來，這樣的我所要說的故事——

以我自己對故事的喜好而言非常違背本心，而且相當遺憾。

拉拉雜雜扯了這麼多，到最後——

故事仍要從愛好平凡日常的平凡男主角被美少女搭話開始說起，感覺實在是俗套又無從認同到令人吃驚的地步——

——這是個關於電玩的故事。

✖雨野景太與受引導者們

世上有所謂高不可攀的存在。

比如崇拜的偶像歌手、在國際舞台上活躍的體育選手、大企業的富豪董座，或者二次元的老婆，因人而異。

身分和立場差得太多，原本就沒有交集，哪怕奇蹟似的碰了面，要保持對話或交流也難上加難的人。

那就是高不可攀的存在。

因此……

「呃，不好意思。請問你是音吹高中的人……對不對？」

「嗯咦？」

六月某日放學後，夕陽下氣氛閒散的電玩店內。

當音吹高中的頭號美少女天道花憐毫無預警地過來搭話的那個瞬間……我，雨野景太的腦漿完全凍結，隨口就用了怪聲應答。

想盡量多獲取資訊的眼珠轉來轉去，不檢點地將她從上到下看了一圈。

首先吸引住目光的是那頭金色長髮。那可不像不良學生在偏僻美髮廳隨便染染的那種金，而是貨真價實天生的健康亮麗金髮。詳情我實在記不得了，原因似乎是二分之一還是四分之一的混血或隔代遺傳。

不過與那頭金髮相反的臉孔本身極有日本人的味道，儘管鮮明的大眼睛呈淡藍色，整體來看卻不可思議地給人稚氣的印象。

簡直像從動畫或電玩當中跑出來的典型美少女。

或許是修長的模特兒體型所致，連跟大家一樣的音吹高中制服被她垮垮地穿在身上，看起來都顯得俐落洗練。

「……？」

「啊。」

當我忍不住瞧得出神，天道同學便不解地偏著頭朝我看了過來。相對於心跳加速的我，天道同學自顧自地表示：「啊，對喔。」然後羞赧地將手湊到自己胸口，動起嘴脣。

「我是音吹高中二年A班的天道花憐。我們是初次見面吧，呃……」

「咦？啊，那個，唔，我叫雨野。雨野……」

心慌的我反射性地只答了姓氏，看到天道同學仍默默帶著笑容等我繼續說下去，我才回神補充：

「雨、雨野景太。F班……啊，二年級……啊，不是的，對，我一樣念音吹！」

我急忙做了支離破碎的自我介紹來回應。不只口吃得相當難看，臉上還因為緊張而嚴重冒汗。劉海黏在額頭上，身體微微顫抖使得牙關格格作響。即使如此，為了不被對方看出心裡的動搖，拚命想鎮定下來的我仍設法克制自己……然而心裡越急越是白費心，反而落得整張臉逐漸脹紅的下場。

連我都覺得自己徹底展露了噁心內向在室男的氣場，丟臉也該有個底限。

天道同學卻對我這些可疑舉動完全不顯介意，還擺出比剛才更大方的態度，將她光滑細緻的手伸了出來。

「啊，太好了，我們同年級。請多多指教喔，雨野同學。」

「咦……好的……呃……啊。」

於是，我總算察覺到自己手上依然拿著美少女遊戲的包裝盒，只好連忙把它放回貨架，打算重新跟對方握手——就在此時，我對自己這種男生要摸天道同學的手感到遲疑。擔心失了禮數的我趕緊將手在長褲上抹了抹才伸出去，然後又懊悔：不對，我剛才這樣亂抹是不是反而會讓對方覺得噁心——

「……請、多、指、教！」

「啊……」

——當我還在東想西想，手就被天道同學硬是抓起，然後握手了。

對於她手掌的觸感——我也分不出心思享受，只能傻愣愣地發呆。

……不管怎麼想……就算像這樣實際用手掌互相接觸，我還是無奈地認為這是缺乏現實感的狀況。

「（畢竟……對方是鼎鼎大名的天道花憐耶，怎麼會來找我這種人講話……）」

我一邊望著她的笑容一邊再次確認這樣的狀況有多異常。

天道花憐。和我處在相反的極端，二年級就君臨於校園人際關係金字塔頂端的學生。

相貌端秀、成績出色、頭腦清晰、運動全能，各項條件簡直過人得不像現實人類的美少女。在偏差值較低，即使客套也稱不上校風良好的音吹高中裡，堪稱鶴立雞群的典範。

因此她明明不是演藝人員，如今在音吹卻被捧到了形同女神的地位——也就是所謂的「校園偶像」。

不過，切莫將其當成井底之蛙小覷。正因為天道花憐是在狹小世界獲得密集支持，她可造成的影響力實在甚鉅，光用「偶像」這個詞或許還不足以形容她。她對音吹的所有學生來說是共通話題、引領時尚者、流行先驅、偶像、可愛吉祥物、精神象徵及榮耀。

要問到在地高中生對音吹高中的印象，排在傳統刻板印象「偏差值較低的公立學校」之後，立刻就會聽見這一句：「還有，那是天道花憐就讀的高中。」其核心程度無可動搖。

她在個性方面也大多受到肯定，縱使擁有基於本身卓越條件養成的自信與行動力，卻絲毫沒有桀傲不馴的氣息，據說反而能感受到一種高潔感（這是我偷聽班上男生聊八卦拾來的牙慧）。

再提到另一邊的我，則是在高中連個朋友都沒有的路人型落單玩家。

「…………」

……嗯，再怎麼想，我還是想不出天道花憐找我搭話的理由。倒不如說，像我這種人目前正被她看在眼裡，如此的事實已經算是奇蹟了。

哎，要、要說嘛，我這個人就是打從骨子裡帶著中二病氣質，所以也不會否認自己曾妄想被身為名人的她戲劇性地看上。

不過連在妄想那些時，我對「自己被看上的理由」也想不到什麼具體的設定，感覺頗費精神（說了怕各位見笑，結果我是用「在小時候曾許下重要約定」這種老套的妄想跟自己妥協了）。

因此，目前的狀況太過出乎我的意料，坦白說比起高興或期待，我反倒更覺得困惑……還有不安……對，不安。

「（我、我做了什麼奇怪的事嗎？希望不是什麼大問題……）」

儘管我從平常就一直渴求非日常體驗，一旦直接面對這樣的情況卻又畏首畏尾地害怕自己安穩的日常生活會不會就此完蛋。即使會把中二病之類的掛在嘴邊，到頭來祈禱「拜託不要發生壞事情」的想法還是比「要是能發生什麼好事多好啊」的念頭更加懇切，本質上無可救藥地充滿小市民心理。真丟人。

當各種情緒正在我心裡打轉時，天道同學收回了和我交握的手，並且始終保持笑容對我開口：

「雨野同學，你喜歡嗎？」

「咦！」

問題來得突然，讓我的心臟又蹦了起來。不、不會吧，我作夢也沒想到在這種平淡日常生活的一幕中，會毫無預期地面臨向高嶺之花告白的時刻——

「我是說電玩遊戲。」

「就是嘛！我就知道！其實我剛才就知道了，露出動搖的樣子是故意的！」

「？」

「啊，不是，沒、沒什麼……」

糟糕，心慌過度的我這次向躁鬱症的「躁」靠攏了。在初次見面的人看來，口氣簡直噁

心到了極點。我不小心露出了自己和親人講話時的本色。

天道同學卻顯得不太在意，一邊看向我剛才拿在手上的遊戲軟體一邊又問：

「雨野同學，你剛才手上有拿東西對不對？呃～～……」

啊，糟糕。看美少女遊戲本來就已經夠丟臉了，何況我記得自己剛才隨手拿起來看的遊戲是……

「呃，是這個嗎？我看看……世界上第一款只有金髮美少女的戀愛模擬&養眼惡作劇冒險遊戲《金色小把戲》……？」

「我喜歡！」

「咦？」

「啊。」

想設法讓她從遊戲軟體上面轉移注意力的我立刻大聲回答了剛才的問題，時機卻好像非常不湊巧。

天道同學一邊用指尖撥弄自己的金髮，一邊露出心慌意亂的模樣來回看著遊戲軟體和我，臉頰漸漸泛紅——

「啊，我、我是指所有電玩遊戲喔！」

「就，就是嘛！我就曉得！剛才我心裡都明白，不過還是會害羞！」

天道同學似乎是順著我上一刻說的話做反應，同時還手忙腳亂地把包裝盒放回貨架。於是，有種難以言喻的感覺瀰漫在我們兩個之間，氣氛可比守喪……我好想就這樣消失，從現場消失得乾乾淨淨不留痕跡，像被米杜○亞轟過那樣（註：指漫畫《神龍之謎》中的極大毀滅咒語米杜洛亞）。

話雖這麼說，光是身為噁心宅男的我受害也就罷了，我覺得自己非得負起害天道同學被尷尬氣氛連累的責任才可以。

我盡可能擠出最大的勇氣，難得地主動帶話題。

「呃，整、整體而言，我對電玩遊戲，都有好感。所、所以，剛才我拿遊戲軟體來看並沒有什麼特別的用意……應該說，只是因為那款遊戲的概念太創新，才引起我對包裝盒背面說明的興趣……」

「啊，我了解。是啊是啊，遊戲包裝盒背面的說明讀起來好有意思，對不對？」

天道同學溫柔地對我露出微笑。瞬時間，我一下子就樂得忘形了。

「妳、妳也懂嗎！就是啊，包裝盒背面好有吸引力！雖然我也會參考網路評價跟電玩雜誌的評論，可是呢，我覺得包裝盒背面的概要說明也一樣要重視！和官方網頁看到的說明別有不同！我抵擋不了在那麼小的範圍裡面，將遊戲賣點極度濃縮再呈獻出來的感覺！提到包裝盒背面，潛○諜影的那種點子真的好創新——」

一口氣講到這裡，我才回神停了下來。糟糕，我剛才在幹嘛？明明平常沉默寡言，一聊到喜歡的東西就變得喋喋不休……我這樣未免太典型了吧！好丟臉！更扯的是，對方可是在音吹那些現充當中君臨於頂點的女生！場面被我弄得這麼慘——

「呵呵……」

「？天、天道同學？」

結果我發現天道同學不知道為什麼與我料想的相反，彷彿非常開心地低聲笑了出來。一瞬間，我曾以為她在對我淒慘的醜態冷笑，可是又感覺不出那種惡意。

當我不解地愣著發呆時，天道同學便帶著十分開心的笑容開了口：

「對不起喔，明明話才說到一半。不過因為你實在太熱情，我忍不住就……」

「唔……」

好、好丟臉！我的臉又熱起來了。然而，天道同學並沒有露出瞧不起我的樣子，還繼續說了下去：

「而且該怎麼說？你真的太符合理想，讓我都想稱讚鼓起勇氣找你講話的自己了……」

「咦？符、符合理想？呃……妳是指……」

這會兒我又因為不同的理由熱了起來。呃……照這樣看來……莫非，這是我以前曾經妄想過被她看上的套路嗎！

我心裡正小鹿亂撞，天道同學不知為何又重新挺直背脊，然後從正面看了我的眼睛。

「欸，雨野同學。假如你不嫌棄，要不要和我……」

「！」

來、來啦——！這、這下、這下子，告白時刻真的到了——

「……和我加入電玩社呢？」

「就是嘛！我就知道！我從剛才就知道了，妳是要找我加入電——咦？等一下……

電……電玩……社？」

邀約來得太過意外，使我目瞪口呆。

不過，天道同學則是依然像個天使一樣……笑咪咪地持續對著我微笑。

＊

沒有比心情好時玩遊戲更有趣的了。

煩悶時無論對什麼名作ＲＰＧ的感人場面都投入不了多少感情；可是心情好時就算碰到

再怎麼不合理的敵人害全隊陣亡，讓長時間冒險的成果泡湯，我何止不會唉聲嘆氣，還會格格發笑。

正因如此，今天的我——

「♪～～♪～～♪」

——連獨自窩在教室一角玩手機社群遊戲也能全心樂在其中。

「（哎～～沒想到社群手遊也還不錯嘛，怎麼說呢？這種玩起來可以放空腦袋的感覺……我一點也不排斥！）」

甚至連有時只會引起煩躁的引誘付費設計都能搏得我的好感了。

我一邊慢慢解「每週任務」，一邊用完全不會被別人聽見的音量哼歌。

「（連平常有些難熬的「下課落單坐在原位時間」，在今天感覺也沒有什麼好介意的了。畢竟……）」

我想起昨天放學後發生的事情，忍不住竊笑。

「（畢竟鼎鼎大名的天道花憐要邀我參加電玩社耶！）」

以往校園生活都蒙著愁雲慘霧的我忽然面臨了從天而降的劇情事件。

崇拜對象主動來接觸，再加上我有預感可以一口氣認識許多愛好電玩的同志。

在這種狀況下，要我不被沖昏頭才有困難。

實際上，昨天在那以後，我就回家和弟弟一起玩了明星大○鬥，結果從頭到尾都亢奮得不得了，連打輸也笑容洋溢，落得被國三弟弟臭罵「哥你這樣實在好噁！」的地步。然而就算被他這麼說，我也沒辦法。

反正再沒有比心情好時玩遊戲更棒的娛樂了！

在學校要努力忍著不偷笑，可是路人男角本來就沒有人會注意吧——這麼想的我依然心情大好地繼續玩手機。

「（話說回來，電玩社是嗎？沒想到音吹會有這樣的社團。）」

連自稱電玩愛好者的我都毫不知情。

這也難怪了，據說音吹目前的電玩社是天道同學這陣子才創立的社團活動。而且因為某種關係，這個社團完全不為學生所知。

我一邊玩著手機應用程式一邊慢慢地再次回想昨天放學後……從電玩店轉移陣地到附近公園的長椅以後，從天道同學那裡聽來的事情。

「然後呢，關於電玩社，雖然是我主導創社的，不過實際上類似社員募集啟事那些東西，我什麼都沒有張羅。」

天道同學一邊從包包拿出小瓶礦泉水潤嘴唇一邊說明。

儘管我依然對和她單獨講話的情境感到緊張，但還是拚命佯裝平靜以免出醜。

「這、這樣啊。不過——」

「啊，你的敬語。」

「？」

天道同學忽然困擾似的顰眉看著我。

「我們兩個同年級嘛，你用跟平輩講話的口氣就好了，雨野同學。倒不如說，我都用這種方式講話了，被你用敬語應對反而尷尬。」

「啊，對不起……」

我反射性地點頭賠罪，然後才警覺自己差點又用了敬語。天道同學露出苦笑。

「不知道為什麼耶，連同班同學也會對我用敬語。」

「這、這樣喔。」

「嗯……像上次啊，甚至連老師也用敬語跟我講話……」

「哈哈……」

「到最後，連大魔王〇巴偶爾都會用敬語應對我了。」

「哦……欸，不不不不不，那未免太扯了吧！」

「真的真的。之前在庫〇城最深處，他就對我說過：『路況如此惡劣，實在勞駕了。』

是不是程式出錯？」

「出錯也有限度啦！什麼情況下才會冒出那種錯誤！」

「呃……比如非常愛睏的時候。」

「那就是作夢嘛！毫無疑問是作夢！」

「咦？那麼，難道雌〇龍專程低聲下氣地告訴我：『萬分抱歉，我的逆鱗已經沒了……』那次也是作夢嘍……？」

「八成是夢啦！假如不是夢，事情就有點嚴重了！」

「……我是不是該向卡〇空反應問題比較好？」

「為什麼妳要堅決否認作夢的說法！別這樣！出錯的怎麼想都是天道同——」

「……呵呵！」

「……啊……」

等天道同學忽然嘻嘻發笑，我才終於發現自己的「本色」又被她引誘出來，頓時感到難為情。

天道同學看似遺憾地看著態度再次變得畏縮的我，卻又好像不好意思繼續閒聊，便溫柔地笑著把話題帶回去。

「對不起喔，我不小心離題了。呃，我們剛才講到哪裡……」

天道同學把手指湊到脣邊望著半空……大概就是因為能自然地展現這種身段，她才會成為學校裡的偶像吧。

「有了有了，剛才講到我沒有在電玩社創立之後做宣傳，對不對？」

「啊，是的，沒有錯。呃……所以說，那是為什麼呢……？」

在稍微鎮定的同時，我心裡也湧上了純粹的疑惑。天道同學一邊拴上寶特瓶的蓋子，一邊望著在沙坑玩鬧的小朋友們。

「除了電玩社聽起來就給人不正經的感覺以外，由我自己說也滿尷尬的就是了……呃，因為社團裡有我在嘛，所以嘍，要是大肆對外告知……」

「……？…………啊……啊～……原來如此……」

儘管她是用苦笑來帶過後半段說明，我也隱隱約約體會到背後大概的因素了。

簡單說，天道同學應該是擔心會有半吊子為了偷懶或追她而湧進社團吧。畢竟電玩社和體育社團不同，光聽名稱就覺得門檻夠低了。

天道同學又繼續說：

「我啊，非常喜歡電玩，雖然我不太會對朋友提這一點就是了。而且我會來音吹念書，其實也是因為聽說這裡的電玩社團名氣顯赫。」

「咦？」

我頭一次聽聞這種事。天道同學發出了無力的「啊哈哈」笑聲。

「據說在我們入學前夕，社團就倒了。社團主要成員好像是以當時的畢業生為主……」

「是喔……」

那還真……該怎麼說好呢？不過，天道同學完全不顯得氣餒。

「所以嘍，為了讓電玩社復活，去年一整年我都在檯面下偷偷耕耘。然後到了今年春天，我終於當上了社長……」

「嗯，電玩社復活了對不對？恭喜妳。」

我坦率地表示佩服與稱許。天道同學則害羞地說：「啊，哪裡哪裡。」

送上小小的掌聲以後，忽然冒出疑問的我又問：

「呃，可是，說起來，電玩社到底要做什麼……」

「啊，我懂你的疑問。基本上和印象中一樣，就是玩電玩遊戲的社團。」

「……這樣有顯不顯赫的分別嗎？不對，玩遊戲要怎麼當社團活動……」

天道同學對我的疑問笑了出來。

「啊哈哈，嗯，一般都會這麼想吧。不過，實際上跟單純玩遊戲還是不太一樣。應該說，要當成社團活動，玩遊戲就要認真玩。」

「？」

「呃……抱歉，你不太能想像對不對？不過，正因如此嘍。」

這時候，天道同學站了起來，然後背對著夕陽用親切的笑容邀我：

「欸，雨野同學！你要不要來電玩社參觀一次看看！」

一瞬間，我差點被可愛過頭的她迷得恍神，但我還是連忙反問：

「像、像我這樣，妳怎麼會想邀我……」

「怎麼這麼說呢……」

相對於著實無法理解而慌慌張張的我——

天道同學溫柔得像在開導鬧脾氣的小孩那樣，用滿懷慈愛的態度繼續說下去。

「因為你喜歡電玩啊，對吧？」

「咦？啊，是的，喜歡是喜歡……」

我歪頭思索，於是天道同學開始做具體說明。

「我們電玩社不會對外進行告知，相對的，社員要各自去招攬『對電玩稱得上有愛』的人。老實說效率非常不好，八成也會錯過真正喜歡電玩的人。不過，要是讓奇奇怪怪的人加入，害社團一下子垮台就得不償失啦。我想這樣就叫先打好根基。」

「喔……原來如此……」

簡單說就是類似招待制的店家嘍？縱使效率不濟，還是有其他東西要視為優先。

咦？不過這就表示……我果然……

「啊，已經這麼晚了！門禁……！」

大概是調成振動的鬧鐘正在響，從口袋拿出手機的天道同學慌了起來。

到了這年頭，像她這樣的女孩子家裡依然會有「門禁」啊——當我感到莫名佩服時，她就對我伸手一揮說：「對不起喔！」然後急急忙忙地拎起擱在長椅上的包包。

「總之就這樣嘍！明天！把明天放學後的時間留給我！詳細情形我會再……呃，我會找下課時間告訴你！拜嘍，雨野同學！」

「咦？啊，好的，呃，再、再見……」

我急忙從長椅上站起來，儘管心裡一瞬間感到猶豫，還是不好意思地微微揮了揮手……

雖然天道同學根本就沒有看我這邊了，我仍繼續揮手……然後等到看不見她的身影，我才癱軟地坐回長椅上。

就這樣，在我呆了半晌以後……我仰望著天空嘀咕：

「這代表……我……被她選上了嗎？」

雖然跟戀愛完全扯不上什麼關係就是了。即使如此……以前只能當成妄想的事情冷不防地變得帶有現實味了，這一點是千真萬確的。

「電玩社……電玩社嗎……呵、呵呵……」

那天，是我出生以後頭一次──

對隔天到音吹上學由衷抱著期待。

我一邊茫茫然地解社群遊戲的任務，一邊反覆玩味昨天那不知道已經回憶幾次的夢幻放學時光。

「（沒錯，電玩社。今天……天道同學就要邀我進電玩社了……）」

多麼讓人雀躍的日子。我的高中生活居然會有這一天。

不過……有個讓我不安的地方……

「（總不會……其實這都是一場夢……吧？）」

昨天還不至於，但是我在間隔一晚以後立刻沒了自信。體質原本就容易夢見亂真實的夢境這一點也助長了心中的那一絲不安。

「（……不、不會的，那絕對不是夢。嗯，那是現實，八九不離十…………我、我現在可以只顧玩遊戲，然後等著迎接放學時間就行了，嗯！）」

我專注於手機螢幕，硬是將內心的不安抹去。

對我來說，電玩是避風港，同時也是精神安定劑。我喜歡放空心思玩作業性遊戲，也喜歡投入ＲＰＧ世界。因為不管玩的是什麼，我一樣可以忘卻現實的事情，將心靈洗滌得乾乾淨淨。

然後呢，我目前是在玩市面上眾多仿效龍族〇圖的手遊之一。

玩家要運用隨時間經過回復的能量來冒險，並且操作略有遊戲性的戰鬥，還可以用戰鬥的報酬或每日登入獎勵抽轉蛋、收集伙伴，進行強化與合成。

雖然我玩以付費為前提的社群遊戲總是玩不久，不過目前碰的這一款在戰鬥上或多或少具有動作性，意外地合我喜好，結果隨著以百圓為單位的微薄開銷，我東摸西摸地也玩了長達半年之久。

今天我照樣解完了一項任務，回到主畫面以後突然就發現有一項「求援通知」。

這是登錄為「好友」的其他玩家沒辦法在限期舉行的活動中打倒出現的敵人時就可以向其他玩家討救兵，用分紅的酬勞請人助拳的系統。

啊，當然即使稱其為「好友」，其實絕大多數都不算熟人，也沒有什麼關係可言，都是僅限於該遊戲裡的幫手罷了。彼此並無交流，只為了共同利益才互相協助的陌生人，基本上並沒有任何感情在其中。

只是，這次來求援的人狀況不太一樣。

「（啊，是《ＭＯＮＯ》啊。既然這樣就幫幫他好了，嗯。）」

基本上在這款遊戲的求援系統中，答應幫忙的好處並不多。雖然還不到根本沒好處的程度，但總有其他效率更好的任務可以接。

然而，這個《ＭＯＮＯ》是我剛玩這款手遊就交到的好友，儘管彼此完全沒有用訊息交流，對方卻不可思議地讓我有種強烈的戰友感。我們倆的遊戲進度幾乎一樣，上線時間也類似，或許這就是我們常常互相救援的關係。

總而言之，就算是社群遊戲裡的微薄交情，我還是想接受《ＭＯＮＯ》的求援。尤其是這次活動，時限規定得特別嚴：「收到求援訊息後，必須在三分鐘內答應才算數。」

我立刻伸出手指想點下「答應救援」的按鈕——

「啊，找到了找到了，雨野同學！」

——說時遲那時快，天道同學就跟著大聲地進來教室。

意外過頭的人物出現，F班的喧鬧戛然而止。不過天道同學似乎習慣了，並沒有顯得特別在意，大大方方地就朝我走了過來。

難免又心慌的我拿著手機一動都不動，只是目瞪口呆地望著她。

……隨著她越來越朝我靠近，班上同學的視線也慢慢地開始聚集到我這邊……我可以感受到心臟正在猛跳。

「（唔……這實在……）」

儘管在戀愛喜劇中算是讓人有些嚮往的光景，不過一旦像這樣突然受到注目，我實在沒辦法鎮定下來，更別提產生優越感了。

實際上，同學們的視線與其用羨慕形容，感覺更顯得困惑。

可是，不曉得天道同學了不了解我們這些人之間的微妙氣氛，她腳步輕快地來到我的桌子旁邊以後……突然就探頭看了我的手機。

「嗯？雨野同學，你在忙什麼？」

「啊，這算是打發時間啦……」

「喔，社群遊戲啊。好意外，沒想到你也會玩這種無聊的東西。」

「咦？……啊…………是、是啊，還好啦。」

我的臉一下子莫名燙了起來，只好急急忙忙將手機翻過來蓋在桌上……為什麼呢？連身體都不可思議地變熱了。因為有天道同學在旁邊，再加上受大家注目的關係嗎？或者……

「不提那個了。」

天道同學將我放在桌上的手機拿開，把手擱在那裡，然後亂親暱地對我說：

「關於今天的約定。總之，放學後就到圖書室碰面怎麼樣呢？雨野同學，你打掃完以後能立刻過來嗎？」

「啊，好、好的。我想沒……問題。」

話哽在嘴裡講都講不好。也許是有旁人眼光的關係，我的身體比昨天更僵硬。得設法把意思表達得更清楚才行，我像點頭娃娃一樣多點了幾次頭強調。

於是天道同學十分欣喜地微笑說：「這樣啊！」她那開懷的笑容本來就難得一見，現在竟然只對我一個人露出來，這樣的事實讓班上變得有些鼓譟。

找不到下一句要跟她說什麼的我嘴巴開開闔闔，神明似乎不忍看我這樣，第二堂課的上課鐘聲便響了。

「啊，那我要走嘍。雨野同學，放學後見！」

天道同學只說完這些就匆匆快步離去了。現場陪伴我的只剩下「啊，好的，再見……」這句鬆了口氣的應允，還有……

「（唔……）」

班上同學們沒禮貌的視線。此外，由於上課鐘響了，連在這種時候會率先起鬨的同學都沒有向我搭話，總覺得氣氛非常危險。話雖如此，我又不能主動提起電玩社的事……

我作勢要從桌子抽屜拿出教科書而低下頭，慢條斯理地準備上課。

——此時……

「(……啊，結果我沒能接受……來自《MONO》的求援……)」

我拿起手機看螢幕，上面顯示「救援失敗」的訊息。

實際上，在社群遊戲裡因各種因素而無法回應求援的狀況很常見。相反的，我也有討不到救兵的時候，就算這樣也完全不會怨恨對方。

不過，這是為什麼呢？

和平時相比，今天的罪惡感……不可思議地重了一點。

＊

「呼……哇啊～～……」

放學後，我在沒什麼人的圖書室角落微微地呻吟及伸懶腰。

「(……在以往的高中生活裡，今天算最漫長的一天了……)」

當然，這種漫長不太有正面意義。我重新體會到承受異樣眼光是如此讓人消耗精神力。

哎，碰巧我帶來學校玩的《風塵○雄》新作是存檔在最難闖的第七十層迷宮，幸好今天有這套系列獨特的「外界變成怎樣都與我無關的強大緊張感」陪著我迎戰遊戲關卡！要不然，或許我已經受挫而亡了。

遊戲果然偉大！……哎，結果我在第九十五層就犯了平凡的失誤陣亡，從另一種角度來說還是受挫了！可惡的CHUNS〇FT！居然會接二連三想出那麼多給怪物用的討厭特技！他們是天才嗎！

接著，懊悔得差不多的我看天道同學還沒來圖書室，就隨便從書架上拿了書翻閱，不過我的心當然沒有放在書上。

「（可是奇怪了，基本上這種狀況就算稱為超走運的戀愛喜劇情境也不為過。但至少我現在就一點也不幸福，倒不如說……）」

想到這裡，我搖了搖頭。我在懦弱什麼？重頭戲接下來才開始，不是嗎？

我要去參觀電玩社，然後大概會直接入社，和天道同學以及愛好電玩的同伴們變要好。

……接下來，我的開朗高中生活終於要開始了。在這種時候讓自己碰壁能有什麼出息？我要振作。嗯，遇到不愉快的事多少要忍耐才行。

當我重新下定決心時，圖書室裡傳來了開門聲。把書放回架上的我過去一看，就發現金髮少女正如所料地帶著笑容在那裡……她依然有種出現在哪裡都和景物格格不入的感覺，以脫俗的意義而言。和我屬於完全相反的存在……哎，雖然我今天也滿格格不入就是了，以高攀的意義而言。

「雨野同學，你速度好快。不好意思喔，我來晚了。」

天道同學壓低聲音來到我旁邊。我笑著回答「不會」。

「反正我也才剛到而已……」

話才說完，我就後悔自己的台詞是不是太老套了，不過……「是喔。那就好。」多虧天道同學把事情輕鬆帶過，我才安心地捂了捂胸口。

為了趕快前往目的地，我直接走向圖書室門口——

「啊，你等一下。還有一個人要來。」

「……咦？」

天道同學意外的一句話讓我訝異地回頭。儘管她對我的舉動稍稍歪了頭，還是笑容滿面地為我說明：

「啊，我沒跟你提過嗎？其實昨天在邀你以前，我還找了另外一個人。難得有機會，我想帶你們兩個一起參觀。」

「啊……是、是喔，這樣嗎？」

我一邊微笑一邊走回天道同學那邊……內心卻感到強烈動搖。

「（在我之前還找了別人……難道這表示……我……只是順便的？）」

我突然對上一刻自許為「獲選之人」的自己感到丟臉。太難堪了。唯一的救贖應該是我沒有對身邊的人露出得意的態度。誰教我本來就沒有朋友可以炫耀……！……那真的算救贖嗎？

我和天道同學一起坐在門口附近的椅子，拚了命地應對她那些「最近過得怎麼樣？」之類的閒話家常。差不多隔了兩分鐘以後，圖書室的門又開了。

天道同學一看見進來的人就招了招手，低聲叫他過來。

「三角同學，這邊這邊。」

我看見她的反應，也跟著把頭轉向門口。雖然從稱呼方式就聽得出來，對方當然是男同學，而且……

「（哇～～……………美少年類型的超級型男……）」

我的心情掉到了谷底。該怎麼說呢？假如來的人是個女生，那我還有希望。雖然我也不清楚是什麼希望。比如說……套用戀愛喜劇公式的希望？

不過事情演變成這樣，真的有種「我是附屬品」的強烈感覺……哎，也沒錯啦，反正我從一開始就是個路人角色。

另一方面，那位「三角同學」則是不會顯得太奇特的爽朗美少年……換句話說，他身上滿是主角氣場，而且……

「啊，對不起，天道同學。還有，你是雨野同學對吧？我來晚了……」

滿臉歉意的美少年才一開口就朝我們低頭賠禮。

「（……哇，身段好低～～感覺就是個好人～～……啊，對了……）」

我一邊對許多方面感到絕望一邊和天道同學齊聲回答：「不會不會。」

天道同學重新看了我這邊。

「對喔，早上我和三角同學提過你的事，不過下課時間太短，我就來不及跟你提三角同學的事了。」

「嗯，是啊……（果然她是先去三角同學那邊，然後才來找我啊……）」

「那我重新做個介紹。他是C班的三角瑛一，和我們同樣是二年級。我在電玩店看到他在玩遊戲才找他搭話。他一個人很專心地在玩掉落消除型的益智遊戲。」

天道同學的說明讓三角同學臉紅了。

「欸，別說出來啦，天道同學。很不好意思耶，真是的。」

「怎麼會？我是在誇獎耶。因為他的技術好得令人驚豔喔。」

「不，我只有特別擅長玩那款遊戲啦……」

……哇喔，連相遇的方式都比我好太多了。就是啊，男女主角原本就該那樣相遇才對嘛，沒錯。

我已經變得目光黯淡了，可是，身為爽朗美少年的三角同學卻害羞而自然地將右手朝我伸了過來。

「呃，請多指教嘍，雨野同學。我從天道同學那裡聽過你的事情。呃……其實我朋友不多，假如你願意交個朋友，我想我會很高興。」

「啊，好、好的，你、你好，我叫雨野。請多指教！（他超帥的！）」

握手這種不習慣的動作讓我也害羞得紅著臉回握他的手……啊，好光滑細緻的手。棕色髮絲也柔柔順順，笑容既含蓄又親切……等等，這是怎樣！BL嗎！不過，坦白講三角同學光是這一點就非常得我好感了！假如我在三角同學當主角的戀愛喜劇裡面演女主角，肯定會被分類成好哄的那一型，我就是這麼欣賞他！

在我完全淪陷時，天道同學站了起來。

「那麼，你們倆就跟我一起去電玩社吧。」

聽見這句話——

我和三角同學看了彼此的臉……然後擠出有些用力的笑容回答：

「好！」

＊

電玩社的社辦就位在從主校舍經過穿廊以後，由舊校舍改裝而成的靜態社團大樓其中一間教室。

聽說社辦在三樓的我們沿著樓梯往上走，同時三角同學還向前頭的天道同學發問：

「話說回來，靠電玩遊戲這樣的題材能分到社辦還真厲害耶。聽說靜態社團搶資源搶得很凶就是了……」

這也是我感到好奇的地方。大學也就罷了，在高中創電玩社，正常來想頂多只有在輕小說才會實現吧。

天道同學沒特地轉過頭就說：

「啊，理由主要有兩個。首先，電玩社在我們入學以前就曾經存在了。」

對於天道同學的說明不太能理解的我忍不住將視線往上……然而，我在一瞬間差點看見她短裙底下的春光，只好連忙將眼睛轉開並發問：

「不、不過根本來講，之前的電玩社到底是怎麼成立的……？」

「那就是第二個理由了。如果從結論來說，就是社團裡對活動要求確切。」

「？確切？」

我和三角同學不禁一起偏頭。確、確切的電玩社活動是怎麼樣的？玩電玩遊戲還有確不確切的嗎？

相對於搞迷糊的我們，只顧往前走的天道同學似乎無意多說明。直接爬到三樓以後，我們又走了幾秒。儘管按捺不住的三角同學還想再問，天道同學卻先發制人：

「關於那部分呢，我想『百聞不如一見』喔。」

她忽然停下來轉向我們兩個。

猛一看，她和我們之間有扇門……標示上寫著「電玩社」的門就在眼前。

天道同學推開門走進社辦……然後，她在招手歡迎我們的同時還用清新的笑容宣布：

「歡迎來到電玩社！」

逆光使人無法從走廊看清楚室內的模樣。

儘管我們吞了一口氣，問候的聲音裡也都蘊含緊張，不過三角同學還是先走進社辦了……在這種時候不敢先走進去，大概就是我之所以是我的緣故。

當天道同學在背後關門堵住退路時，我們重新將社辦裡頭看了一圈。

差不多有半個教室大的空間裡亂整齊地擺著螢幕和電玩主機，接線也都整理得有條不紊，和我房間裡那種常讓弟弟踩到遊戲手把而惱羞成怒的邋遢樣子差遠了。

在這樣的電玩社社辦裡，除了我們以外還有兩個學生。

眼鏡底下有一對細長眼睛，給人冷漠印象的男同學。

還有懶洋洋地一邊吹著這年頭少見的泡泡糖，一邊吱吱嘎嘎地操縱格鬥遊戲專用手把，默默埋首於遊戲中的辣妹風褐髮女同學。

「…………（嘸口水）」

實在難以用「歡迎」來形容的氣氛讓我和三角同學忍不住挺直背脊。

天道同學有些慌張地幫忙打圓場。

「啊，呃～對不起喔，兩位。電玩社目前連我在內總共有五個社員，可是今天不曉得為什麼偏偏會遇到只有相處門檻高一點的兩個人在的狀況……」

長相看起來聰明的男同學聽到天道同學的說明，不滿地將雙手扠在胸前推了推眼鏡。

「哼，沒禮貌的學妹。我什麼時候對初次見面的人特別嚴厲了？」

「不不不，加瀨學長單純是對所有人都嚴厲吧。第一印象光那樣就夠嚴了。」

說是這麼說，天道同學對學長還是滿放得開的樣子。這就是同一個社團會有的交情嗎？

當我感到羨慕時，另一個看起來像不良少女的同學似乎正好打完格鬥遊戲的對戰，把目光瞥了過來。然後，她擺著凶臉說了一句：

「…………啊～你們好。」

「妳、妳好……」

我和三角同學都鸚鵡學話似的行禮問候。女同學則帶著一雙感覺愛睏至極的眼睛，直接質問我們兩個：

「擅長格鬥遊戲的人嗎？」

「咦……」

她在問哪一邊？雖然分不清楚，我和三角同學都先搖了搖頭。於是，立刻顯得失去興趣的她只應了一聲「喔」就把泡泡糖吐在包裝紙上，然後馬上塞了新的泡泡糖到嘴裡，並且把視線轉回螢幕上…………呃……

「啊，對不起喔，兩位。新那學姊平常都這樣，你們不用介意。」

「……是喔。」

我們茫茫然地回應天道同學的說明。看來這個人也是讀高年級的。的確，從她出色的身材和慵懶態度帶來的莫名嫵媚感，感覺跟我們完全不是同一個年紀。

天道同學則緩頰般向徹底畏縮起來的我們介紹那兩人。

「啊，我重新做個介紹。那邊那個戴眼鏡裝酷的人是副社長，加瀨岳人學長。」

「喂，天道。」

儘管我們都被加瀨學長明顯惱火起來的樣子嚇到了，天道同學卻不以為意地繼續說：

「然後，那邊正在玩格鬥遊戲的……應該說，總是在玩格鬥遊戲的火辣大姊姊是大磯新那學姊。」

「…………」

「像你們看到的，學姊玩格鬥遊戲時比較不理人，就是這樣。」

明明自己正被別人介紹，大磯學姊何止不看我們倆，連天道同學都不瞥一眼……好厲害的集中力。

我們聽從天道同學的話，姑且先坐了下來。房間中央有兩張白色長桌擺在一塊，右前方的位子有大磯學姊在自己眼前擺了螢幕和專用手把玩格鬥遊戲。在她對面的加瀨學長什麼也沒做，只是打量似的望著我們。

我和三角同學一塊背對門口坐在下座，於是坐在大磯學姊旁邊的天道同學說了一聲「那麼」來帶領話題：

「總之我想先請兩位看看我們的社團活動……加瀨學長，請不要悶在那邊，請你像平常一樣先隨便玩玩ＦＰＳ嘛。」

「喂，天道。我從出生到現在從來就沒抱持『先隨便玩玩』的心態來面對ＦＰＳ——」

「啊～～好好好，我明白。學長來吧，我要裝主機了喔。」

天道同學繞到了上座那邊，然後把社辦裡斜放在房間角落的最大一台電視和遊戲主機的電源插上插座。她直接啟動遊戲以後，就將無線手把遞給加瀨學長。

儘管學長哼了一聲，接下手把的樣子倒沒有什麼不情願，他還朝對面的座位喚道：「大機。」接著學姊就不知從哪裡拿了耳機，把那接到格鬥遊戲的螢幕上。看來房裡的音效體驗似乎是以用主電視玩遊戲的人為優先。

在天道同學回自己座位時，加瀨學長就啟動了遊戲軟體，俐落地選好線上對戰的選單，等待分組對戰。那是我也稍微摸過的知名ＦＰＳ（第一人稱射擊）系列最新作。玩家要化身於真實戰場中的一名士兵，用最先進的槍械互相射擊……像這樣敘述會覺得是款血腥味十足的遊戲，不過彼此就算陣亡也會立刻復活，中彈畫面也呈現得比較收斂，以遊戲性質來說就像打雪仗的延伸。

人數到齊開始對戰以後，三角同學就發出感嘆聲。

「哦～～最近的遊戲畫面好進步耶。」

的確，這在ＦＰＳ當中算是畫面特別精美的遊戲……不過以電玩愛好者而言，他感動的方式誇張得有點讓我意外。

天道同學問了一句：

「三角同學……難道你除了那款益智遊戲以外，真的都沒接觸其他遊戲？」

面對她的疑問，三角同學困擾似的搔了搔頭。

「所以我不是說過了嗎？我們家裡固然也有電玩主機……不過我頂多只有在勇者〇惡龍

或瑪〇歐系列出新作時，會考慮要不要玩而已啊。」

「這、這樣啊。」

天道同學大概是以為他對電玩多少會再熟一點，因此露出了苦笑。

「……哼。」

加瀨學長一邊操縱遊戲手把一邊嗤之以鼻。感到過意不去的三角同學則變得有一點縮手縮腳……呃～

「這、這款遊戲的畫面確實很棒耶！還、還有加瀨學長技術真好！」

想改換氣氛的我鼓起勁開口，聲音卻顯得高八度，實在不能算轉得漂亮。

即使如此，三角同學還是安心似的朝我笑了……很、很好。

「別看加瀨學長這樣，他在日本可是排行榜上有名的佼佼者喔。」

「別看我這樣是什麼意思？我這樣是哪樣？」

加瀨學長一邊向她抗議一邊精準地讓遇上的敵人漂亮爆頭。即使我們對FPS不熟，也能充分體會到他的技術高超。

可是加瀨學長本身倒不覺得有什麼意思的樣子，陸陸續續就將敵隊人員打倒了。

我倒抽一口氣。

「（我記得這個系列……以風評來說應該屬於開槍挨槍都很迅速的遊戲吧？可是……這

個人待在砲火這麼猛烈的戰鬥當中，是不是連一次都還沒陣亡過啊？）」

那是稍微接觸過系列作的人就能一眼看出的異常感。不，往旁邊一看，我發現就連三角同學都緊盯著畫面不放。加瀨學長的遊戲技術就是那麼具備壓倒性。

天道同學望著畫面嘀咕：

「這樣子，你們對電玩社是不是稍微能理解了？」

我和三角同學聽了她的話，都默默地點頭……我隱約能明白她說「社團裡對活動要求確切」是什麼意思了。

當加瀨學長無言地開始打第二場時，天道同學又說了：

「不只是ＦＰＳ喔。比如你們看，像新那學姊的話……」

「…………！」

天道同學把大磯學姊眼前的螢幕轉到偏向我們這邊的角度。大磯學姊一瞬間曾為此動搖，不過她咂嘴歸咂嘴——

「咦……」

那樣的角度應該幾乎無法好好看螢幕，可是學姊操作角色卻毫無問題，還能力壓網路上以勝率來看絕不算弱的比賽對手。

天道同學一邊幫忙將螢幕轉回大磯學姊那邊，一邊揚起嘴角微笑。

「儘管其他社員並沒有誇張到這兩個廢人的程度，不過他們在各自擅長的領域大多還是能拿出這樣的表現喔。換句話說……」

「……原來如此。妳的意思是他們都有為社團拿出成果。」

表示「沒錯」的天道同學用笑容回應三角同學的嘀咕。

「現實中的大賽自然不用提，在網路上的大賽也是。還有，因為之前的校長是抱持著『有功就有賞』的理念，所以上一代的電玩社就漂亮地創立成功了。這次有一半也是仿照前例的形式才獲准創立的。」

「原來如此……」

我不禁咕噥。聽到電玩社這個名稱時，我還納悶為什麼這種以玩樂為主的社團活動可以成立，不過這確實是「社團活動」…………然而，那就表示……

我們三個對加瀨學長廝殺的狀況觀摩了一陣子。於是在第二場打完後，天道同學又說了「那麼」來帶領話題。

「光這樣一直看也沒意思吧？你們兩個也玩玩看啊。」

「咦？」

突然的提議讓我和三角同學都愣住了。令人意外的是，連加瀨學長都感興趣地表示：

「說得也是。」

天道同學不知道從哪裡拿了兩台掌上型遊戲主機，然後遞給我和三角同學。

「這裡有剛才那款系列作的掌機版，用一套軟體就可以供複數人對戰。」

「這、這樣啊……」

我緊張地開啟掌機電源進行設定。但是，旁邊的三角同學不熟悉這些就費了些時間，我跟他說「借我看看」然後接下掌機幫他設定好。

「謝謝你，雨野同學。你對電玩滿熟悉的耶，真厲害。」

「啊，不會啦，哪裡……」

我害羞地把完成設定的掌機遞給他。

這時候，加瀨學長突然把視線移到我身上表示：「旁邊那傢伙好像多少有涉獵嘛。」我緊張得打直背脊回答：「是的！」

「呃，我稍、稍微玩過這個系列……」

「哦，那就拜見一下你有什麼本事嘍。」

學長的眼鏡頓時發亮。我則結結巴巴地回答：「請請請請口下留情……」然後看向自己操控的遊戲畫面。

比賽規則有些特殊。火拚的玩家當然會有四個，不過這次還多加了八個電腦控制的角色，模擬十二人對戰。而且加瀨學長一出手就默默將電腦的「強度」調到最高，十足動真格

的氣氛使我臉色蒼白，三角同學則是渾然不覺。天道同學還壞心地嘻嘻笑出聲音。

在各種情緒醞釀之下，限時十分鐘的第一場比賽開始了。

其結果是——

「……加瀨學長，你多幫他們著想一下啦。」

比賽在轉眼間結束，天道同學傻眼地從畫面上抬起頭……理所當然地，我和三角同學的陣亡次數都多到慘不忍睹。四個人的名次依序是加瀨學長、天道同學、我、三角同學，不過我和天道同學之間的落差大得離譜，和三角同學之間則幾乎半斤八兩。旁邊的三角同學正陷入消沉。

為了緩頰，我急忙開口：

「不、不過加瀨學長實在很厲害耶！電腦角色那麼強也可以像對付雜碎一樣全掃光！還、還有還有，四個人一起玩遊戲果然特別有趣——」

「再一場。」

「咦？」

加瀨學長開口打斷我的話。沒有把視線從畫面抬起來的他直接嘀咕：

「再來打一場。快準備。」

「咦？啊，好、好的……」

我連忙將視線落在自己的遊戲畫面上。由於還在讀取中，我就看向周圍陪笑……可是，天道同學和三角同學都認真地盯著畫面。

感到丟臉的我也急著看向自己的畫面。

於是，第二場比賽接著開打了。

其結果究竟——

「奇……奇怪？」

從名次來看，加瀨學長和天道同學依然大勝……可是這次變成我稍微輸三角同學一點了……奇怪？

從畫面上抬起頭的我用笑臉面對三角同學。

「你、你好厲害！難道說，你其實有玩過？」

三角同學聽見我的疑問才回神從畫面上抬起頭回答：

「咦？沒有，我真的完全沒接觸過……不過玩了以後感覺滿有深度的耶。」

「咦？啊，這、這樣喔。嗯，對呀，大家一起玩遊戲真的好有趣——」

「再一場。」

我又被加瀨學長打斷了。既然這不是ＦＰＳ試玩會，而是要參觀電玩社的整體環境，覺得差不多該做點其他事的我看了看四周……然而，天道同學和三角同學又已經表情認真地將視線落在各自的遊戲畫面上了。

我只好效法他們，也默默地面對遊戲。

於是第三場比賽過去了。結果是……

「……咦……」

加瀨學長依舊第一……可是排第二的天道同學分數已經被三角同學追得非常接近了。

到了這一步，加瀨學長才總算從畫面上抬起頭，對三角同學露出頭一次展現的冷笑。

「你滿有一手的嘛。叫什麼名字？」

「啊，我叫三角。」

「三角，你這個人滿有指望。雖然一開始連操作都還不靈光……但是你逐漸吸收了技術，越玩越上手。」

獲得加瀨學長讚賞的三角同學害羞似的搔了搔頭。

「沒有，碰巧的啦。我只是參考了學長的動作……」

「正是這樣。」

加瀨學長罕見地用了略懷熱情的語氣。

「從別人身上偷學技術的努力、態度和觀察力，這正是玩遊戲要進步不可或缺的資質。

而且三角身上就有高水準的那種資質。」

「呃，沒有啦……」

三角同學謙虛地搔頭，然而天道同學也對他表示稱許。

「不，你真的很厲害喔，三角同學！我玩這款遊戲也滿久了，可是你幾乎要趕上我了！三角同學，你有天分喔。啊，是不是之前那款益智遊戲幫你培養出集中力和思考力？」

他們倆圍著三角同學講得興高采烈。我看著這樣的景象……哎，儘管對自己輸掉多少會感到不甘心和嫉妒，但是我仍天真地認為三角同學真厲害，並且望著他們發呆。世上就是有這種擁有才華的人嘛。嗯，真強。

——這時候，加瀨學長突然轉過來我這邊……而且十分不悅地瞪了我。不曉得出什麼狀況的我嚇得肩膀頻頻顫抖，結果他一邊推著眼鏡一邊將尖銳無比的批評扎在我身上。

「和他一比，你像什麼樣？畢竟你有玩過，基本操作方式似乎都記得……可是在這三場比賽當中，我看不出你有一丁點的成長。何止如此，你玩到後來還變得越來越沒有表現，不是嗎？」

「啊……呃……對不起……」

我沒想到自己會挨罵，只能呆呆地應和。不過這樣好像更加觸怒了加瀨學長，他連天道同學的相勸「哎，好了啦好了啦」都不予理會，又繼續訓斥我。

「還有，你曾爬到地圖中央的車輛物體上，然後跳來跳去吧？那到底有什麼用意？」

「咦？學長是說……」

我在記憶中搜尋自己有沒有這樣做過……啊～有了有了。

「啊，因為從那邊再往上一點好像就可以看見相當漂亮的風景，我才試著在那邊跳……而且實際看到的風景非常棒喔！……哎，雖然我立刻就中槍了。」

聽完我的回答，不只是加瀨學長，連天道同學都輕輕發出嘆息。正當三角同學也露出苦笑時……仍不曉得怎麼會挨罵的我偏了頭。

「呃……啊，對不起，我並不是沒有認真玩，呃，跟大家玩很開心——」

「無所謂。倒不如說，你姑且也看過我的玩法吧？你都沒有想過要多少從中學習嗎？你到底是抱著什麼想法在觀摩？」

對我來說，這些依然都是些令人摸不著頭緒的問題。在完全不曉得踩中什麼地雷的緊張感當中，我畏畏縮縮地回答：

「咦？呃……抱著什麼想法……那個……我只想著『技術真好』和『好厲害』感到佩服，同時也看得很開心……不過……啊，還有，我也非常喜歡看高手玩家的遊戲影片——」

「……哼。」

我講到一半，加瀨學長就傻眼似的發出嗤笑，然後擺出一副失去興趣的樣子從我面前轉開視線。

在房裡瀰漫著尷尬氣氛的情況下……天道同學似乎想重新帶領活動，格外大聲地說：

「好、好了！」

「電玩社不是只玩FPS的社團啊！接下來……嗯，對了，用動作遊戲對戰吧，動作遊戲！好啦，新那學姊，該妳出場了喔！」

「嗯咦？啊……等我一下……」

被天道同學點名的大磯學姊一邊將耳機拿下並掛在脖子上，一邊迅速解決了目前的比賽對手。就這樣，遊戲結束以後，學姊「嗯」了一聲用目光催促加瀨學長跟她換座位。大概是為了陪我們用主螢幕玩吧。

座位換好，加瀨學長獨自玩起FPS。此時天道同學就繞到上座那邊挑遊戲軟體。

「呃～……對喔……玩格鬥遊戲要靠硬實力……會有點那個……」

她講的「會有點那個」，理由該不會出在我身上吧……心情消沉度略增了。

三角同學似乎是基於體貼，也表示意見：「我也覺得玩輕鬆一點的比較好。」啊……三角同學人好好，玩遊戲也有天分。真令人尊敬。

天道同學挑了一陣子才拿出一款遊戲說：「啊，這個不錯。」並將光碟放入遊戲主機。

她直接把無線手把分配給大磯學姊、我和三角同學，然後自己也拿了一個回座位。

遊戲啟動，電視上出現標題畫面。

「啊，這個我也有玩過。很有趣耶，所有人鬧哄哄地打成一團。」

三角同學露出笑容。的確，這是超有名的對戰動作遊戲。內容基本上算是對戰格鬥，卻可以四個人一起對戰，更有豐富的舞台機關，光靠運氣往往也能用強力的道具大逆轉，屬於玩家實力比較不會出現太大落差的遊戲類型。說起來，我也非常喜歡，在家偶爾會跟弟弟一起玩。

「唔～～……好吧，偶爾玩玩也可以。」

唯一顯得不太有意願的只有大磯學姊，不過她好像也沒有特別反對。

就這樣，我們心情十分輕鬆地開始玩遊戲。

實際上，第一場比賽是在相當祥和的氣氛下進行的。或許是玩家技術實在差得太大，縱使運氣要素吃重，大磯學姊還是拿下了頭籌。然而充滿變數的比賽過程很符合這款遊戲的風格，看起來也趣味橫生。

不過，就在第二場比賽選角色時，異樣感來臨了。

「咦？大家……都不換自己使用的角色嗎？」

這款遊戲的賣點之一在於可用角色變化豐富。像我和弟弟玩的時候，當然也會每一場都換角色，視情況還會讓電腦隨機選擇。可是……這次除了我以外，其他三人都沒有換角色。

天道同學帶著苦笑回答愣住的我：

「啊，因為我專精的就是這個角色。」

「喔……這樣啊。」

哎，玩格鬥類遊戲有自己專精的角色應該很正常吧……唔～～……？心裡不太釋懷的我看了三角同學，結果他不好意思地笑了。

「啊，我是初學者，所以我想把角色一個一個地摸熟。」

「喔……這、這樣啊。」

我並不是無法理解他的理論。嗯，很正派。可是……

最後我看了大磯學姊那邊，她就懶散無比地說：

「因為我最不擅長用這個角色。」

「咦？意思是……啊，當成對我們的讓步嗎……」

「還好啦。不過練習克服生疏的成分更多，別在意。」

「咦……啊，好的……我明白了……」

嗯，學姊的心意令人感激。再說，她在這種情況下也想練習，真是電玩玩家的榜樣……

嗯……

儘管心裡有疙瘩，我還是打完了第二場、第三場比賽。大磯學姊依然穩坐第一名，其他名次則多虧運氣要素的關係並沒有固定，比賽的成績大致上算平均。可是……

「哇！……唔，三角同學好詐！天道同學好快！還有大磯學姊技術真好！」

「…………」

會在戰鬥中出聲做出誇張反應的人只有我，其他人玩遊戲都專注於畫面……基本上，大家都帶著笑容，因此也沒有玩得不開心就是了……

而且，接連打了四五場，大家依然沒有換角色。只有我每次都選不同角色。

或許是因為這樣，每次剛開戰時，還不太習慣操作的我都會落於下風。

大磯學姊瞥向這樣的我，然後說了一聲：

「……欸，專心練一個角色好不好？角落的那隻又強又好用喔。」

「咦？啊，好的。謝謝學姊。那我這次就用那隻角色！」

學姊特地推薦，讓我高興得用笑臉回話。可是她不知道為什麼顯得一臉納悶的樣子。

「……『這次』？」

「咦？啊，對不起，呃，畢竟我也想玩玩看其他角色……」

「……是喔。」

看似對我失去興趣的大磯學姊又轉回去看螢幕了……唔，我剛才對學姊是不是不太禮貌？我應該一直用她推薦的角色才對嗎？但是……

內心依舊有疙瘩的我又打了幾場。打一場比賽的時間不長，因此節奏很快。不過……

「（大家……一次都沒有換過使用的角色耶……）」

坦白講，比賽過程開始變得有些單調了。

「（另外……只有我會積極搶道具嗎？）」

猛一回神，我發現連三角同學在內，所有人都改打認真的肉搏戰，只有我會為了拿道具而在場地上徘徊。而且就算拿到強力道具，在他們三個認真比拚時用那種東西，也挺讓人過意不去。

結果我在比賽中的定位就是不即不離，表現不上不下，每次都落在不高也不低的名次。

這樣的比賽差不多打了十場。於是天道同學看了時鐘，發出「啊」的聲音，中斷遊戲。

「稍微玩過頭了耶。好，結束！大家辛苦了～～」

大家聽見她的話，也各自告慰：「辛苦了～～」和玩FPS的時候不一樣，解散得滿和樂……可是，不知道為什麼，在我心裡留著類似「疙瘩」的東西……不……我想應該只是我的感性太平庸的關係……嗯。

就這樣，大磯學姊又用電視螢幕開始玩別的格鬥遊戲，天道同學則和我們閒聊起來，大概也兼有讓眼睛休息的用意。

「對了，你們兩個會接觸電玩，有沒有什麼理由呢？」

被這麼一問，我和三角同學面面相覷。當我們都想讓給對方先講時，似乎是看不過去的天道同學就開口了：

「像我啊，以前有個非常喜歡電玩的大姊姊住在我家附近，我大概就是被她啟發的。小時候，我滿在意自己這樣的髮色，大多都是待在家裡玩就是了。當時那個大姊姊都會溫柔地陪著我。」

「哦，這樣啊。」

我們聽著都覺得有種不可思議的溫馨感，天道同學卻忽然露出陰沉臉色說：

「可是，那個人的電玩技術高到有點離譜，而且又不肯放水。等我發現以後……我已經變成玩所有類型的遊戲都強得像魔鬼一樣的小朋友了……」

「是、是喔……」

沒想到話題會落得讓人不知道該怎麼置評。

「結果她搬家以後，我泡在電玩的時間就沒有那麼久了，所以技術比全盛期退步了一些……即使如此，至今我依然保留著對電玩的熱情喔。因此，我現在的夢想應該就是和那個大姊姊的高中母校……碧陽學園的電玩社成員玩遊戲，然後戰勝他們。」

「妳、妳的電玩背景意外地有劇情性耶……」

當我對天道同學的背景感到驚訝時，天道同學卻發出「哎呀」的聲音，像被逗笑一樣笑了出來。

「我的故事算最平淡的呢。舉例來說……你們看，在那裡的加瀨學長從小就受到身為傳奇性傭兵的父親嚴格訓練，才替他魔鬼般的ＦＰＳ高強實力打下了基礎。」

「唔咦！」

我和三角同學都大吃一驚，加瀨學長卻只用推眼鏡當成回應……他沒有吐槽就表示……是真的嗎！

「還有啊，新那學姊好像是為了喚醒對格鬥遊戲沉迷到入魔的好友，就替自己定了非常高的目標喔。」

「真的假的！」

我和三角同學都感到驚愕，身為當事者的大磯學姊卻表示：「嗯，真的真的，千真萬確啦～～」補充的口氣輕浮得讓人無力……總覺得這樣反而是真的……

天道同學又繼續說：

「附帶一提，今天沒來的另外兩個社員中，一個自稱：『本小姐是來自和ＲＰＧ一樣的異世界的公主，因此就該玩ＲＰＧ，蒙受ＲＰＧ的恩寵。』是個想法不可思議的女生；另一個則因為家傳寶物被搶，光憑凶手是『職業電玩玩家』的線索就跟著走進電玩世界了，可以說是肩負著沉重使命的女生呢……」

「這什麼電玩社啊！」

聽到這裡，我們那些平凡無奇的經歷都不值一提了。

然而，天道同學擺著笑咪咪的臉孔催促，我們總不能開溜。

比眼神也比輸三角同學的我只好談起自己的經歷。

「呃……我並沒有什麼緣故……就只是……喜歡玩電玩罷了……」

「…………」

房裡頓時瀰漫著掃興的氣氛。儘管我心裡想著「搞砸了」……可是，我喜歡電玩的心意並不假，因此我還要再說幾句。

「呃……喜歡上某種東西，難道沒有特別的理由……就不行嗎？」

「不會……沒那種事……是啊，我記得大姊姊也說過——」

天道同學看似感到懷念地望著半空。於是，我看準現在正是結束回合的時候，就用手肘輕輕頂了三角同學，催他趁現在也把自己的經歷做個介紹。三角同學就認命地開口：

「我的狀況也很常見……」

三角同學不得已似的開始講了。好，這樣就多了一段和我水準相同的說詞——

「喪失記憶的我，唯一擅長的就是那款益智遊戲……」

「背叛者————————！」

我大叫。三角同學傻眼地露出意外的臉以後，就開始訴說詳情。

「我完全沒有最近三年前的記憶。回神以後，我就發覺自己在玩那款益智遊戲。在因緣際會下，目前我是被收養在三角家生活，和父母以及義妹一起住。同時我還是專心一意地在玩那款益智遊戲。」

「…………」

強大過頭的故事性使我們都說不出話。三角同學害羞似的笑了笑，把話題的棒子交還給天道同學……但是，即使在這種時候接棒，天道同學也很困擾。

她不知所措地困惑了片刻，然後才咳嗽清清嗓子……一舉將話題帶過，好為今天的參觀活動做總結。

「好、好了，這樣你們是不是大致了解電玩社的活動內容了？」

「是的。」

我和三角同學齊聲回答。天道同學滿意地點頭繼續說：

「啊，還有，這兩位學長姊完全不是帶社團活動的料，都屬於『交際能力必須打叉叉』的廢人，你們對其他社員可以多抱一點期待喔。」

「喂～～」

眼睛沒離開螢幕的兩位學長姊發出抗議。我和三角同學忍不住笑了出來，學長姊也露出柔和的臉色，房裡一下子充滿了和樂的氣氛……不虧是校園偶像天道花憐，遣詞功力了得。

她露出溫暖人心的微微笑容，繼續對我們說：

「關於玩遊戲的技術，也沒有硬性規定一定要進步才可以喔。實際上，我就沒有那麼頂尖。而且另外兩個社員都是一年級，還大有成長空間，基本上都是可愛的女生。不過，她們倆非常有拚勁喔。」

那些資訊讓我一下子起了反應。連天道同學在內，全是漂亮女生的電玩社……哪門子的理想VIP空間啊？這裡是新型的美夢俱○部嗎？

當我沉浸在妄想發愣時，天道同學還是繼續說：

「只不過既然要玩，鼓勵大家切磋琢磨提升彼此的技術，就是電玩社做為社團的方針吧。那麼，我在帶領社團活動之際想到的是……」

天道同學就此將話題告一段落，然後露出令人陶醉的滿面笑容。

「如果也能跟你們倆一起參與就太好了。」

我已經有意立刻回答「好」然後入社了。實際上，像三角同學就順口答應：「好的，我今天玩得非常愉快，請務必讓我加入。」……這就是受歡迎的主角威能嗎？多麼乾脆又當機立斷，而且做人爽快。

天道同學對他的回答高興了一會兒，接著順勢也用那副笑容對著我。

「雨野同學怎麼想呢？你肯不肯和我一起在電玩社活動？」

天道同學那威力凶猛的仰望發威了……我的精神耐久力徹底見底。臉根本通紅，還沒流鼻血可謂奇蹟。

猛一看，三角同學也笑盈盈地用期待的眼神看著我。何止如此，連之前嫌東嫌西的加瀨學長和大磯學姊都拋來了溫柔眼光，彷彿訴說著：「機會難得，你就加入啊。」起初我還覺得他們有點恐怖，可是這兩位學長姊其實人都很好嘛，竟然肯接納像我這種無可救藥的玩家……未免太令人感激了。

我重新朝電玩社看了一圈。

被我最愛的各種電玩遊戲填滿的理想空間。

有崇拜的校園偶像對我提出邀約。

有個性爽朗且相當得我好感，感覺很快就能成為好友的同年級青年。

有值得尊敬的學長姊，還有尚未見面的兩個學妹社員。

我作夢都會夢見的現充高中生活全都囊括在這裡面了。

狀況是只要我說「好」，就能將那些抓到手中。

……簡直像美夢一樣。

碰到這種狀況，只能說神明是要恩賜太像路人的我一輩子只有一次的驚喜。

正因如此，我……

面對眼前這位……經過直接相處後，開始讓我認真地有喜歡的感覺，即使厚著臉皮稱為初戀對象也不為過的金髮美少女。

我露出由衷的笑容。

懷著堅定決心。

告訴她我所想出的答覆。

「不，我不用了。因為這個社團裡好像沒有我想玩的『遊戲』。」

*

「（我是白痴嗎啊啊啊啊啊啊啊啊啊啊啊啊啊啊啊啊啊！）」

參觀後過了一夜，隔天早上。我一到學校就立刻趴在桌上，對同學們的奇異眼光理都不理，只是後悔莫及地狂抓頭。

「（為什麼！我為什麼要拒絕！我是笨蛋嗎？我想死嗎？玩遊戲輸給三角同學有那麼不甘心嗎？被加瀨學長責備有那麼火大嗎！大磯學姊對我沒興趣有什麼好沮喪嗎！咦，我為了那麼廉價的自尊心就拒絕那樣的「夢幻邀約」嗎！乾脆去死啦！昨天的我去死啦！那算什麼！耍蠢嗎？我看我就是在耍蠢嘛！）」

從昨晚就絲毫沒睡的我仍在心裡重複不知道已經是第幾次的自嘲。

實際上到了現在，我真的無法理解自己當時的心情。

我也沒有從書包裡拿教科書和筆記本到桌上，只顧在桌面上不停掙扎。

「（我記得自己是懷著某種奇怪的信念才那樣回答，卻完全想不起來最要緊的信念內容是什麼！還是那些想法根本就沒有轉換成語言！不不不，我怎麼會為了那種原因就拒絕！白痴啊！搞什麼嘛！我是在模仿勇者〇惡龍裡拒絕龍王拉攏的勇者嗎！感性太貼近電玩了吧！簡直末期症狀嘛！唉，真是夠了……）」

不行，我無法停止臭罵自己。這樣下去難保不會演變成自殘行為。我要鎮定，先鎮定下來。對了，這種時候就該玩遊戲……

整理完思緒的我在同學們遠遠圍觀下，用發抖的手拿出了手機，然後一如往常地開始玩社群手遊。

差不多解完一個任務以後，我總算變得鎮定點了。

「（我要冷靜……對了，還有希望不是嗎？沒事的，反正我重新向電玩社申請入社就行了。雖然那樣做非常丟臉……就算丟臉，趁現在挽救完全來得及。只要說我昨天還沒有整理好心情，事情不就解決了嗎？嗯。）」

我隨即放鬆心情了。哎，坦白講……再矬也該有底限。可是在決定能不能過現充生活的緊要關頭，現在不是顧忌那些的時候。

又多解一個任務的我正在思考。

「（更好的情況是……讓對方再邀我一次，嗯。對了，像三角同學應該還會再來邀我吧！嗯！）」

儘管我也察覺自己開始冒出只顧自身方便的妄想，但我不這樣做就會撐不住。

進一步妄想的我仍把玩著手機。此時——

「（啊，《MONO》又發出求援訊息了。昨天我沒辦法配合，遊戲的活動期間已經所剩無幾，這樣我一定要幫他才行——）」

這麼想的我準備點擊「答應求援」的按鈕——瞬時間……

由於班上忽然鼓譟起來，回神的我看向教室門口……就發現那裡有天道同學依舊笑容典雅的身影。

我咕嚕一聲吞了口水。天道同學和昨天一模一樣，大大方方地就進了教室，然後朝我的座位走近。班上同學的視線緊隨在後。

在我拿著手機愣住不動時，天道同學來到我的桌前，對我講出幾乎和昨天一樣的台詞。

「早安，雨野同學。你在忙什麼？」

「咦？呃～～……我只是玩一下手遊……」

「哦——沒想到你還滿喜歡這種無聊的東西呢。」

「咦……啊，對、對呀……」

我窘迫得轉開視線，可是聊到喜歡的遊戲就會勾起興致的性子卻強出頭，讓嘴巴自己喋喋不休地動了起來。

「啊，但這款手遊設計得還不錯。天道同學，我想妳玩過以後也會覺得意外有趣——」

「不說那些了。」

天道同學對我遞出的手機畫面毫不理睬，還把臉貼過來……好近。她的臉，比昨天更近，近得讓班上同學在剎那間變得吵吵嚷嚷。

天道同學的長睫毛、直挺的鼻梁、水嫩嘴唇、細緻的皮膚，還有……澄澈的大眼睛。那些全以特寫的形式闖進視野，使我脈搏加速。

她直接露出依然像天使一樣的迷人微笑，還用溫柔且苦口婆心的語氣告訴我：

「雨野同學，你還是來參加我們的社團嘛。好不好？拜託你，我對你非常有興趣。」

「咦……」

那句邀約……超越了我剛才在腦裡編織的任何一段「電玩社回歸妄想」，實在太符合理想了，何況還附贈天道同學的「有興趣發言」。實際上，班上同學似乎也有聽見那些話，鼓譟程度和之前完全不能比。而且，那可不像之前霧裡看花的那種嚷嚷，幾乎接近尖叫了。對我來說，這搞不好是連自己在班上的地位都能隨之竄升的難得機會。

條件齊全到這種地步，現在還有什麼好猶豫的嗎？

稍微把臉挪開的天道同學悄悄伸出了右手，像是要跟我握手。

……糟糕，我有一點快要掉淚的感覺。

在我眼裡，天道同學已經變得像垂下蛛絲想救犍陀多的釋迦佛祖了。真的，她身後有光環。多有慈悲心腸的人啊。她居然又施捨了一次機會……給我這種愚昧的路人角。

我換用左手拿手機，然後緩緩地朝她伸出右手……我之所以沒有迅速伸出去，單純是因為害羞，還有心裡某個角落依然牽掛著自己昨天的「信念」到底是什麼的關係。

可是……既然想不起來，那肯定就不是重要的事吧。

儘管我猶豫了一瞬，不過我重新下定決心，將她的手——

『來自ＭＯＮＯ的求援：剩餘回應時間　五秒』

——我沒握，而是用手點擊了手機上的「答應救援」按鈕……呼，好險。總之這樣就不要緊了。戰鬥就算先按暫停也沒問題——

「…………」

「…………啊。」

猛一回神，我已經做出失禮透頂的舉動……就連伸著手的天道同學也板起緊繃的笑容。

在不了解狀況的同學們觀望之下，天道同學硬想擠出笑容，並且開口問我：

「雨……雨野同學？難道說……那款無聊的社群手遊，比我的邀請還重要嗎？」

「咦？啊，不是的，對不起！非常抱歉，我們明明才談到一半！哎，我太沒禮貌了！真的很抱歉！關於這一點，我會向妳陪罪！就像這樣！」

我連忙低頭道歉……不過，該怎麼說好呢？

可悲的是，透過剛才這些對話，我完全想起自己昨天的心情了。

……唉……真沒辦法。嗯，想起來就是想起來了，沒辦法。

我抬起頭，露出海闊天空的笑容……這一次，我對天道同學講話並沒有口吃。

「可是，天道同學……有些東西即使對妳來說是無聊的，對我來說卻有它的意義。」

「！」

「因此關於電玩社的事，我也要向妳說聲抱歉。我還是不會加入電玩社。」

「！這……這又是……為什麼呢？」

天道同學的笑容越來越緊繃。儘管我感到心痛……即使如此，我還是覺得自己不能在這方面讓步，就帶著笑容做出了回應。

「我昨天也說過，因為那裡並沒有我想玩的『遊戲』。」

「所以我才在問你——！」

「——所以我才在問你，那指的是什麼意思？」

天道同學一瞬間扯開嗓門，然後，又警覺地調低音量。

「指的是什麼……對不起，即使妳這麼問，其實我自己也不是很清楚。」

「……難道說，你是在介意自己玩遊戲的技術？那沒關係喔，別看加瀨學長那樣，其實他意外地懂得照顧——」

「啊，不、不是的！不是那樣……呃～那個，老實說，我稍微覺得自己對電玩技術的信心被擊潰了沒錯。不過……並不是因為那樣。」

「要不然……到底有什麼地方不行……」

天道同學的臉孔變得像和羊群走散的小羊一樣……我想都沒想到，自己居然會看見一向自信滿滿的她露出這種表情……啊，是因為我亂發表意見的關係嗎？

苦笑歸苦笑，我還是想了一會兒，並且設法用我目前所能表達的話語來回答。

「我並不認為電玩社有什麼錯。倒不如說，我覺得在那裡的都是非常值得尊敬的人。他們實在很耀眼。我打從心裡覺得，電玩社和棒球、足球社那些體育社團一樣，稱得上是正派的『社團活動』。」

「對啊。大家一起努力磨練技術，追求更高的目標。那才是最棒的電玩風格不是嗎？」

「是的，沒有錯。透過努力讓自己進步，才會真正見識到『電玩的樂趣』……我想，在你們的電玩社應該就能獲得那樣的成果。」

「既、既然你都那麼了解了，就一起加入電玩社……」

天道同學用了尋求依靠似的視線看我……為什麼她這麼想邀我入社呢？像我這樣，明明就沒有多大的價值。

因此，儘管她真摯的邀請實在讓我心疼……即使如此，為了本身不能讓步的想法……我

還是一邊將手機畫面拿給她看，一邊將毫不虛假的心意表達出來。

「可是對不起。我還是喜歡『快快樂樂地玩遊戲』……在互相切磋琢磨的『電玩社』裡，好像沒辦法這樣。」

「！我根本……聽不懂意思……你剛才不是也說，要切磋琢磨才有真正的……」

「啊，是的，所以我完全也能認同那種享受樂趣的方式。」

「……那麼……」

天道同學做出實在無法理解的反應。抱著臂膀咕噥的我則「唔～～」地想摸索出更容易聽懂的表達方式。

「呃，那個……對了，我有個非常優秀又帥氣的弟弟喔。」

「……什麼？」

天道同學愣住了。坦白說，她的視線開始有「傻眼」的情緒。但即使如此……我還是拚了命地掙扎，希望將理不出頭緒的想法傳達給她。

「其實我和弟弟的興趣一點也合不來，到現在彼此也沒有什麼好聊的，妳想嘛，我這麼不中用，根本做不出什麼有兄長氣概的事……不、不過，說了不怕妳見笑，我們兩個只有在一起玩電玩的時候，可以開心地像傻瓜一樣彼此嘻嘻哈哈地笑出來……就連我們在學校遇到不愉快事情的日子……也一樣。」

「…………」

「所以，天道同學，電玩對我來說……呃……我很明白自己看待電玩的態度大概會被妳或加瀨學長、大磯學姊罵，而且也實在沒有什麼好誇獎……不過，我還是把它當成避風港，當成尋求慰藉的行為，那是沒出息的我用來跟別人交流的工具……可是正因為這樣，我才希望電玩能保有救贖心靈的作用……保有它最最珍貴的『娛樂』效果。」

「…………」

「啊～～……妳、妳想嘛，好比志在打進甲子園或當上職業選手的球兒，跟興趣是偶爾到棒球打擊場把壓力發洩掉的人……之間的那種差別吧？」

「…………」

糟糕。我的國語能力該不會太低了吧？

想重新來過的我清了清嗓，決定把結論告訴她。

「呃，總之，所以說呢，對不起，天道同學。雖然電玩社很棒……但我還是不會加入。因為往後我仍想用自己的方式玩電玩。啊，不過受到妳的邀請，我非常非常高興！謝謝！」

我帶著笑容表示感謝。然而，提到天道同學的反應……不知道為什麼，她的視線徹底朝

下，整個人還頻頻顫抖……而且嘴裡好像嘀咕著什麼。

「～～！～～唔～～！為什麼……為什麼，會變得像我被甩掉一樣……！我一點……都沒有想過……居然，會被雨野同學這樣的人……拒絕……！畢竟……」

「天、天道同學？對、對不起，像我這樣，居然還拒絕妳的邀請……」

我一開口，天道同學就回神似的抬起頭。她不知為何滿臉通紅。

「我、我並並並沒有驕傲的意思……！對、對呀，既、既然你寧願那樣，我根本一點……一點……都不會介意，再說……像你這樣……我才不會……反、反正你技術又不好，跟你一起玩遊戲，根本……沒有什麼意思……」

天道同學扠著手，一邊把視線轉開一邊小聲地對我發出怨言。

對於她這些話──我擺出了自己擅長的小市民臉孔陪笑表示贊同。

「啊，是的，就是說嘛。呃……不過我覺得妳真的很有電玩天分！所以，請妳以後也要努力練社團喔！我也會在背後支持你們的！啊，再說三角同學好像也順利入社了，有他那樣值得期待的社員在，就算我不參加，電玩社應該也可以高枕無憂啊！」

「……唔！是啊，沒有錯！」

下個瞬間，天道同學突然「砰！」的一聲捶了我的桌子，整張臉脹得通紅，怨恨無比地含著眼淚瞪了我……奇、奇怪了？

然後她直接轉身，把金色長髮往旁邊一甩……然後就踏著與來我們教室時完全不同的粗魯腳步走掉了。

「…………」

在所有人都啞口無言的情況下，天道同學離開教室了。隔了幾秒鐘以後，同學們才醒悟似的同時鼓噪起來。

「咦？什麼情形？我第一次看見天道同學那麼不甘心的臉耶……」

「欸，這根本是感情糾葛嘛！」

「不對，他們剛才不是提到社團活動之類嗎……話說，找個人去問雨野不就好了。」

「現、現在要問當事人也不好開口啦。再說，他最近簡直變得高深莫測……」

「而且雨野最近冒出了有點奇怪的氣場。」

我好像成了任人評論的對象……我之所以聽得見那些話，請問是不是表示各位都不在乎被我聽見呢……？

我大大地嘆了氣，然後看向窗外。白樺樹的枝頭正隨風大幅搖擺。

「（……唉……我不只拒絕加入電玩社……最後還惹天道同學那麼生氣……我到底在做什麼啊……）」

通往花樣高中生活的路途急轉直下。照這種狀況，我就算被天道同學的粉絲找碴也怨不

得人耶。為什麼會變成這樣啊？

「（……看來……我選錯選項了。肯定是的……）」

我明明也玩了一些美少女遊戲，為什麼半點經驗值都沒有累積在身上呢？唉，雖然電玩遊戲大概就是那樣，玩再多也沒用。不過正因為如此……

沮喪了一會兒以後，我決定先在上課鐘響前解完《MONO》的救援委託任務。

我拚命擊敗意外耐打的敵人，收下挺寒酸的報酬，然後暫時將螢幕關掉休息……唉。

「（仔細一想……我等於把這份報酬看得比天道同學更優先，不是嗎？）」

…………

糟糕，越想越失落了。這下我知道了。一個小時後，我肯定會變回之前的狀態。我會一直想加入電玩社，然後因為無法如願而煎熬到極點吧──

「嗡嗡！」

「？」

──當我思索著這些時，手機突然震動了。

我覺得應該是程式更新通知或其他訊息就開了畫面。結果，上面顯示著我完全沒料到的……社群手遊的訊息通知。

「（怎樣怎樣，「有來自《MONO》的一封訊息……」這樣啊……咦？）」

訊息來得太意外，使我急急忙忙地從選單點開來確認。

裡面寫的——只有一句簡單扼要的話。

『謝謝你平時的幫忙。』

「…………」

我仔細將那串文字讀了四次左右……然後再度望向窗外。

不巧的是天氣有些陰霾。並沒有要下大雨，可是也看不出轉晴跡象，狀況微妙的天色……不過，實際上這是最舒適的天氣。

「（……既沒有美少女又平淡的半吊子日常生活……也不是毫無可取之處嘛。）」

臉上夾雜苦笑的我又把玩起手機了。

今天我同樣是在電玩的陪伴下，展開我平凡得令人傻眼的一天。

✖上原祐與變強後重開新局

「欸欸欸，祐～～幫人家抓那個娃娃嘛～～」

「啊？」

被亞玖璃嗲聲嗲氣地拽了袖子的我忍不住板著臉回頭。

有個一看就覺得腦袋不太好的女人正仰望著我。曬成小麥色的肌膚；用粗劣脫色手法染成橘色的頭髮。不過多虧與生俱來的臉蛋和身材，外貌整體來說足稱可愛，對男生的撒嬌技術更是超級一流。

我不禁擺出架子，可是亞玖璃完全不理我的動作。她硬是把我帶到抓娃娃機前面，然後用手指著說：「那個那個！」

「欸欸欸，你看那個是不是很猛？」

「……啊～～好猛。」

負面意義的猛。抓娃娃機裡面裝了許多可愛的貓咪……許多在貓咪外型上加了奇特改造的怪胎布娃娃，有的長了兩條長腿，有的滿身肌肉。

儘管我確實覺得「很猛」，可是看亞玖璃興奮亂叫的模樣，她講的「猛」大概和我的意思正好相反……與其「醜得可愛」，「正常的可愛」不是比較好嗎？難道說，我這種觀感在現代已經落伍了？

我懶洋洋地揉起脖子。

「……妳是說，要我抓那個？」

「嗯！祐，因為你對遊戲機擅長到爆嘛！」

「擅長到爆是怎樣……」

我忍不住嗤笑。我玩遊戲的技術確實比亞玖璃高得多，可是我幾乎沒有在她面前好好地玩過什麼遊戲才對。我想八成只是我以前玩過一兩次格鬥遊戲，就被她講成「擅長到爆」了。光那樣就覺得我連抓娃娃機都擅長，擺明是平常不碰電玩的人會有的想法。

「祐～～抓給我嘛。」

「哎，要抓是可以……欸，一百圓呢？」

「……祐～～抓、抓給我嘛。」

亞玖璃用笑容敷衍我。這、這個女的……！

我一面嘆氣一面還是從自己的錢包裡掏了百圓硬幣。在背後興奮亂叫的亞玖璃煩歸煩，不過她這副德性也不是今天才開始的。實際上這種輕浮調調就是可以在男生之間造成高人氣吧……老實說我不太能理解就是了。

我壓了控制縱向與橫向移動的兩顆按鈕，讓機械臂朝著亞玖璃要的玩偶那附近隨便伸下去。結果……

「啊，好可惜～～！」

「唉，遺憾。」

浪費了一百圓固然痛心，不過我對布娃娃本身並沒有放任何感情。我淡然地轉身就想走——可是，我卻被亞玖璃使勁抓住手臂。

「再一次！祐，再試一次！可以的可以的！是你一定抓得到！」

「妳喔……」

這女人搞啥啊？總不會要我一直玩，直到抓起布娃娃吧？像這種遊戲機，光是我肯出錢試一次，她就該感謝了不是嗎？

坦白講，我覺得自己沒辦法奉陪。然而這時候不理亞玖璃，之後可就麻煩了。假如鬧到最後得請亞玖璃吃一片鬆餅討她歡心，既然一百圓都砸下去了，拿出誠意繼續挑戰還比較像樣吧。

我沒辦法只好再投入一百圓硬幣，這次稍微往前傾認真起來。

這次我慎重地把機台看了一圈，赫然發現自己認真的臉孔映在玻璃上面。

細心做了造型的褐髮、整齊的眉毛；注重洗臉及化妝水的光滑肌膚潔淨得看不到半顆粉刺；左耳則戴著低調發亮的銀色耳環。

「（啊～～我今天還是一樣有型呢。）」

不爽的心情稍微消化掉了。而且在帥氣的我後面，還有腦袋雖然不怎麼樣卻夠格用可愛來形容的女朋友。

「（喂喂喂，我根本就人生贏家嘛，對吧？）」

我忍不住對至今仍悄悄住在腦海角落的過去的自己……國中時期的我問了一聲。於是，把制服立領扣得緊緊的旁分頭眼鏡書呆子就無力地帶著微笑回答：「對啊。」……那傢伙還是一副死樣子，為什麼就不能笑得有朝氣一點呢？

想逃避某種心理的我把意識專注於抓娃娃機上。花了充分時間慎重地操縱完按鈕以後，機械臂就停在離玩偶正上方——偏了一點的位置。亞玖璃發出了不滿的聲音。

「哎唷！祐，你在搞什麼嘛！好爛喔！」

「吵死了，安靜看著吧。」

在我說完的同時，機械臂就緩緩地……下降到偏了一點的位置。正如我所料，儘管沒有抓到布娃娃——然而，機械臂其中一邊的爪子仍漂亮地勾住了布娃娃的標籤。

「啊！」

亞玖璃睜大眼睛。機械臂提起布娃娃的標籤上升以後，雖然搖搖晃晃的不太穩定，卻也沒讓東西掉下來。接著，它回到了起點……最後才張開手臂，讓布娃娃掉在獎品取出口。

下一個瞬間，亞玖璃興高采烈地拿出布娃娃，活像是自己抓到了一樣舉到我面前說：

「將將～～！」

「好猛喔！有夠毛絨絨的！祐，你真會玩遊戲～～！」

「……別興奮過頭嘍。」

難免覺得不好意思的我將視線轉開。老實說，有一半算偶然。雖然我對準了標籤，不過我的技術並沒有準到能十拿九穩，因此誇獎得太過頭也令人滿傷腦筋。哎，能讓女朋友再次迷上自己倒還不錯——

「哇～～……好強……」

「？」

——猛一看，我發現視線所及之處有個和我們同樣穿著音吹制服的男同學。他似乎碰巧看見我在操作抓娃娃機，整個人茫然望著亞玖璃拿的貓咪玩偶，佩服般露出一副傻樣子。

「（……嗯？那傢伙是……）」

這時候，我才發現對方算認識的人。傻樣子的他似乎也在同一時間注意到我們了，可是當亞玖璃望向他那邊問：「怎麼了嗎？」對方不知為何就慌慌張張地滿臉通紅，急忙對我們點頭行禮，然後匆匆離開了。

亞玖璃狐疑地偏頭。

「呃……那是怎樣啊？」

「啊，他是我的同班同學，雖然完全沒講過話。」

「是喔。他為什麼要逃呢？」

「呃，與其說是逃……」

距離感頗微妙的同學身邊帶了個疑似女朋友的女人，一般來想，在這種情況下要開口搭話，門檻滿高的就是了。亞玖璃似乎完全沒心思設想那些，顯得非常納悶。

我只好說了一句：「無所謂吧。能夠抓到布娃娃真是太好了。」於是亞玖璃又變得心情大好，將布娃娃緊緊摟在胸前……她特地用貓咪可以朝我露出頭的抱法，相當高明……可愛是可愛啦。

由於手上多了行李，我們就直接離開電玩中心，踏上歸途了。

走出鬧區和亞玖璃道別以後，在我茫然地獨自走了一會兒，正要抄近路穿過公園的時候……無心間，我突然靈光一現。

「（啊，那是雨野。雨野……名字叫什麼來著？反正就是和我同班的那個傢伙……）」

我想起了剛才遇見的同學姓什麼，可是無論隔多久，都沒有聯想到更進一步的資訊。我忍不住苦笑。

「（話說，那傢伙搞不好比國中時期的我還土。總不是佩服別人玩抓娃娃機的時候了吧。而且光看到幾乎沒講過話的我帶著女朋友，他就慌成那樣……有夠矬。）」

想起土氣同學那副傻樣的我露出苦笑，心情沒理由地變得大好，並且一邊吹著笨拙的口哨一邊慢慢地跨著大步穿過了寧靜的住宅區。

*

「……呼啊……早～～」

忍著呵欠的我一邊向大樹、雅也打招呼，一邊將書包甩到桌上，然後撓了撓坐在我椅子上的章二的腰，要他把位子讓開。

我們四個就這麼鬧了一陣子，接著晚進教室的雅也的女朋友美嘉，還有章二最近把到的輕音社女生玲奈也加入，大伙就跟平常一樣開始閒扯淡。

今天主要在聊雅也和美嘉昨天去唱卡拉ＯＫ的牢騷，雖然我最少還是會應個一聲：「那真夠慘的。」然而話題實在沒有多吸引人。我的視線一不小心就為了排遣無聊而在教室裡飄來飄去。

此時，有個以往完全不會注意的男生身影忽然停在我的視野一隅。

「（雨野景太啊……）」

因為昨天碰巧在電玩中心遇上，我才看了他，但就算重新打量一遍，他還真是個「什麼都沒有」的男生。和我沒有關連這點自然不用提，在課堂或學校行事也沒有醒目表現，印象中連朋友都不曾聊到他的零星事蹟……比如跟誰關係要好，玩什麼社團之類，統統沒有。甚至於他的名字都是我剛才看了放在教室的班級名冊才曉得的。

我忍不住苦笑。

「（到處都有耶……那種存在感跟幽靈一樣稀薄的傢伙。）」

要是十年後有機會在同學會上翻畢業紀念冊，我們肯定會苦苦想不出他叫什麼名字吧……我冒出了類似同情的想法。

「（他過那種無色無味的人生，會覺得快樂嗎？）」

我忽然想起國中前的自己。雖然和雨野有差異，但我以前也過著枯燥的人生。只會照著父母的吩咐用功準備升學考試，即使偶爾還有電玩當娛樂，不過基本上都活得正經八百，更在周遭過分的肯定之下考了不合本身程度的高中……接著就落榜來到墊底的音吹了。這件事到最後還被家裡當成碰不得的傷疤。

「（到頭來，人生就是要及時行樂才算贏家啦。）」

才這種年紀就自以為是地談論人生固然很那個，然而，實際上在我下定決心重新來過以後，我的人生就是過得一帆風順。

對了，比方說，那就像《螞蟻和蚱蜢》。

父母的誘導或許也是因素之一，小時候純真的我聽完那個故事就被培養出「要活得像螞蟻一樣認真」的觀念了。

然而，比起勤奮地為將來打拚儲蓄的螞蟻，現在的我倒覺得只要低頭認個錯就能分到食物的蚱蜢才聰明，而且更值得尊敬。

……想到這裡，我不禁歪頭。

「（奇怪？話說……我幹嘛想雨野的事情想得這麼深？）」

回神的我心情變得非常悶。這是怎麼回事？我又沒有被雨野做什麼，完全沒交集的同班同學。我根本沒理由煩躁成這樣……

「（……啊，不對……）」

思考到這裡，我忽然察覺一點。

為何我現在看雨野會感到格外焦躁？理由在於……

「（那傢伙……為什麼看起來那麼愉快的樣子……？）」

沒錯，讓我煩躁的理由正是這一點。

一眼看去，雨野就是冷冷清清地獨自坐在座位，卻始終不知道在竊笑什麼。還以為他在忙什麼，結果似乎是在玩手機。從手指放的位置來看，他不是在讀簡訊或上網，大概是在玩遊戲吧。

回想起來，那傢伙下課時好像總是獨自玩著遊戲，一臉開心地完全不與外界扯上關係，自顧自的都不會被我們注意到。

就算這樣，當中應該也沒有讓我煩躁的要素才對……為什麼呢？明明雨野只是在玩手遊，臉看起來卻那麼開心……

「（搞啥啊……噁斃了。真受不了……）」

當我忍不住板起臉孔時，雅也突然把話題拋過來。

「是吧，祐！你不覺得超過分的嗎？我點的可是炸雞塊耶，炸雞塊！」

「對……對啊。說、說得沒錯。冷掉的炸雞塊，好吃程度根本連一半也不剩。」

「就是嘛！欸，祐真夠了解的！拜託你去那邊打工啦～」

「免啦，我才懶得打工。」

我裝出笑容，陪著聊無關緊要的事情。聊那些也不算無聊，大家一起陪愛起鬨的雅也拌嘴，這樣的時光也還滿開心。可是……

我瞥了一眼，偷看雨野的舉動。

「（為什麼……你會一副比我還開心的樣子？）」

那傢伙應該是輸家，表現出來的模樣卻比和朋友閒扯淡的我更開心，對此我格外不服氣。他到底在開心什麼？

「？怎麼了嗎，上原？身體不舒服？」

發現我擺著苦瓜臉的玲奈問了一聲。

我心裡慌歸慌，還是立刻替自己粉飾。

「沒有啦，只是我聽雅也那樣講，感覺也跟著不爽了。」

我裝出明顯易懂的生氣表情，單純的雅也就顯得大受感動的樣子。

「噢，知心好友！祐，你真是個好傢伙！」

「你不知道嗎？沒錯，我在任何時候……都是跟澳客站在同一邊的啦。」

「好惡劣！」

所有人同時對我吐槽，然後嘻嘻哈哈地笑了出來。我也不管班上那些回頭關心發生了什麼事的同學，就跟朋友們一起傻笑個不停。

「（我在搞什麼啊？何必在乎雨野那種人……好。）」

於是，我重新下定決心。

「少煩啦！我明明就是大好人！之前我還被亞玖璃拜託——」

我把土裡土氣的宅男同學徹底趕出腦海，回到了平時吵吵鬧鬧的日常生活中。

——直到幾天後，鼎鼎大名的天道花憐找雨野講話的那個瞬間為止。

＊

下課時間的二年F班會分成大大小小的幾個團體，各自的閒聊交融在一塊，營造出吵吵嚷嚷的氣氛。

在那當中，我們六個組成的團體格外具有影響力。

單純人數多這點當然不用說，而且，我們六個都屬於在班上熟人或朋友多的類型，因此自然就會發揮「主導二年F班整體氣氛」的效果。

我們一笑，教室裡的情緒就會跟著高漲；我們生氣，其他人也會不可思議地繃緊神經。

像這樣，二年F班這個班級吵不吵鬧，幾乎可以說都是由我們掌控。

如今——

校園偶像天道花憐突然降臨，使班上鴉雀無聲。

「（天道……她怎麼會……）」

站在教室門口的金髮女同學讓我忍不住屏住呼吸。最先注意到天道的人是平時都習慣東張西望看來看去的美嘉。從她的角度似乎從天道經過走廊時就已經察覺了，不過當時美嘉只是當成聊天的一環，指著走廊對我們說：「欸欸欸，是天道同學耶，你們看……」聽美嘉提起，我們都不經意地想瞻仰一下稀有美少女的尊容……就在此時。

我們幾個一起注意到這樣的事實……天道正要走進F班的事實，全都愣住了。

受到我們的沉默牽引，當班上同學們陸續察覺天道的存在時——

她就在門口朝教室裡看了一圈，彷彿找到寶貴遺失物一樣驀然露出笑容，接著——

「啊，找到了找到了，雨野同學！」

——所有人都跌破眼鏡……天道居然找了在某種意義上離她最遠，而且意外性破錶的雨野景太講話。

教室裡的閒聊聲瞬間停止，然後……順著天道的動作，眾人的視線也慢慢地聚集到雨野身上。

同時，我的心裡不知為何也開始鼓譟。

「（……她怎麼會找雨野那種人……）」

和幾天前我對雨野感受到的「煩躁」一樣，同種的情緒正在我心裡瘋狂復燃。

而且，雨野本身好像也對天道出現以及班上的注目大感動搖，平時就不起眼的臉變得更加僵硬，笑都笑不出來了……摻雜著些許同情與莫大焦躁的複雜情緒正在我胸口逐漸膨脹。

另一方面，看似完全不在意眾人注目的天道則踏著自信滿滿的腳步，迅速走向雨野的座位。到了他的桌子前面之後……她又亂親暱地探頭看向雨野把玩的手機。

「！」

班上同學終於開始冒出動搖的聲音了。教室裡取回一絲喧鬧。

接著天道似乎直接跟雨野談了什麼，然而到處都有竊竊私語的聲音干擾，我聽不清楚他們在說什麼。

唯一看得出來的是天道滿單方面地在對雨野講話。電玩、約定、圖書室……儘管我聽見了這幾個字眼，可是實在沒辦法掌握到具體的對話內容。

當班上冒出焦慮情緒時，雨野好像急著對天道點了好幾次頭。於是，下個瞬間——

「這樣啊！」

天道露出開懷笑容，讓全班頓時被迷住。可是，大家同時也發現她的笑只對著雨野一個人，心裡都嚴重動搖，鼓譟程度也更上一層。

不過，宣告下課時間結束的鐘聲像算準了時機一樣響起，天道急忙說：「啊，那我要走嘍。雨野同學，放學後見！」口氣依然格外親暱的她就這樣乾脆地走了。

當全班啞口無言，被留下的雨野自己也呆愣地目送天道時——

章二在旁邊不知不覺從口中冒出的一句嘀咕讓我印象深刻。

「什麼跟什麼啊……」

那句話簡直可以代表二年F班的全體心聲。

但我還來不及和朋友們討論東討論西，老師就進來教室教下一堂課了，因此班上同學到最後心裡都留著奇怪的「疙瘩」。

我把教科書和筆記簿在桌上攤開，一邊裝作在聽老師講課，一邊則想著雨野的事。不巧的是以座位分配來說，坐在教室中央的我看不見後面靠窗的雨野，不過他肯定……

「（正擺著一副只差沒說「你們看見了沒？」的噁心跩臉吧。）」

我一想像，不爽的心情就停不下來。

突然被全校第一美少女搭話的土氣落單臭宅男。

簡直像無聊透頂的垃圾輕小說劇情。對當事人來說或許爽翻天，可是在旁人看來，沒有比這更令人反感的了。我再清楚不過，這就是所謂「嫉妒」或者「酸葡萄」的心理。不過那又如何？這就是我目前的真實情緒，絲毫不假。實際上，大部分同學或多或少也會抱持跟我一樣的厭惡感才對。

……唉。

話雖如此，我對自己的反應比旁人過火這一點有自覺。

「（畢竟……國中時期的我就沒碰上那麼美好的救贖……混帳！）」

我越想肚子裡就越火。雨野景太。由於沒辦法實際看到臉，那傢伙在我心裡有擅自被轉換成一臉欠揍樣之嫌，但就算撇去這一點不管，我還是……

「（……看到什麼努力都沒付出的土氣臭宅男撿到天上掉下來的幸福，誰會開心啊……哎，煩死了！）」

我粗魯地從筆盒裡拿出文具。

然後，我一次又一次地將自動筆芯戳進純白的橡皮擦。

＊

之後的下課時間，教室裡果然籠罩著異樣氣息。儘管小團體間各聊各的光景一如往常，不過話題全都繞著雨野和天道轉。我們也不例外，尤以兩個胡亂推測和探討的女生為主。

至於我……坦白講，我覺得「跟著聊這個話題」的行為本身就會讓雨野得意，所以並不太積極參加對話。然而，在玲奈直爽依舊地問到：「結果，那兩個人是什麼關係啊？」我就忍不住接話了。

「玲奈，由妳來看呢？」

「咦？我嗎？唔～～難說耶。跟戀愛有關就好玩了。哎，坦白講並沒有那種感覺，要說是朋友也不踏實。有種聯絡公事的味道吧？」

「這表示，那兩個人是透過委員會或打工才搭上線的嗎？」

的確，感覺那或許滿接近的。當我快釋懷時，愛八卦的美嘉就「咦～～」地發出了不平之聲。

「那樣沒意思啦～～實際上，我記得天道同學都沒有參加委員會或社團吧？老實說，我完全看不出她會打工耶。」

雅也對美嘉的意見點了點頭。

「就是啊。天道他們家是有錢人吧？再說，我對雨野也沒有在打工或玩社團的印象。」

「倒不如說，雨野就是讓人一點印象都沒有。」

大樹接的話讓大家笑了。我也試著陪笑，然而完全是皮笑肉不笑。

當話題就這樣慢慢地走偏，大伙開始互相耍寶時——

我發現……自己到現在還無法放下不爽的心情，都不能像大家一樣把這個話題當成找樂子的八卦。

「（什麼嘛……聊雨野也聊得這麼High。你們是白痴嗎？無聊死了。）」

我偷瞄雨野的狀況。雖然他剛到下課時間就被全班的視線嚇得畏畏縮縮，現在卻顯得完全不在乎周遭，反而還目光燦爛地對著桌子。我還以為他在做什麼，看來似乎是熱衷於遊戲。他不是玩手機，而是拚命地玩掌機。

「（……哼，落單一族。電玩那種東西有那麼好玩嗎？）」

有段時期，我確實也迷過電玩。在用功準備應考的空檔玩大型街機更是別有樂趣，加上那種空間的獨特悖德感，對國中時期的我來說那就像「心靈依歸」。因此，到現在只要走進電玩中心，我確實還是會像巴夫洛夫的狗一樣亢奮雀躍起來。不過……

「（至少在下課時間，跟朋友閒扯淡比玩電玩有意義多了吧。那傢伙卻窩在自己的小天地，埋頭玩電玩……）」

雖然我們同年，我卻冒出了感嘆「這年頭的小伙子」的嫌棄感。受不了。

……哎，其實除了雨野，還有幾個傢伙也是獨自過下課時間，奇怪的是我看了那些人也不會覺得煩躁。我之所以只對雨野感到不爽……都是因為那傢伙看著遊戲畫面時的表情。

現在回想起來，以往那傢伙在下課時間好像都是擺著那種表情坐在位子上。他並沒有哈哈大笑，而是像在品味小小的幸福那樣一直望著遊戲畫面傻笑。正因為如此，他明明身為落單一族卻能融入班上吵吵鬧鬧的氣氛裡，於好於壞都不會成為別人的話題，也不會留在視野當中。

不過我現在……反而覺得那看起來是在挖苦我。畢竟，此時此刻的我在朋友的圍繞下，卻打從心裡覺得他們聊的話題很乏味，而且笑容完完全全就是「裝出來的」。

「（……怎樣啦……你有意見嗎？別小看與人相處這件事。）」

明明我並沒有被雨野說過什麼，視線卻忍不住從他身上轉開。

……今天放學後，再找亞玖璃去電玩中心玩好了。

我不知道為什麼會如此打定主意。全靠著那份期待，我才咬牙撐過了充斥著天道和雨野話題的一天。

就這樣，等到盼了又盼的放學後。

完成打掃工作的我跟可愛女友約在門口碰面。

好了，接下來就要快快樂樂地朝電玩中心出發了。結果在路上——

「欸欸欸，對了，祐，那個叫雨野什麼的跟你是同班同學對不對？」

——聽到亞玖璃這麼開口時……

我冒出了有如迷失於惡夢中的強烈暈眩感。

走在旁邊的亞玖璃完全沒發現我整張臉都繃緊了，還一邊將書包晃來晃去一邊開心地繼續說下去。

「在C班造成的話題也很轟動喔。鼎鼎大名的天道同學居然會去找別班的男同學——」

「——吵死了！」

「咦？」

我忍不住大吼，使亞玖璃嚇得停下腳步。一瞬間我曾瞪著她，不過我立刻察覺到自己失態，連忙開口緩頰：

「沒、沒事，沒什麼啦。沒什麼…………」

奇怪了，舌頭不靈光。我好像變回國中時期的我了。

我勉強對愣住的亞玖璃擺出生硬笑容。

「抱、抱歉。我看……我們今天還是別去電玩中心，直接回家怎麼樣？」

「咦？好、好啊……沒關係……祐，你身體不舒服嗎？」

亞玖璃一臉擔心地探頭看了過來。但我藏起自己的表情，只告訴她：「我覺得沒什麼心情而已啦。」然後逕自向前走。

急著追上來的亞玖璃不懂察言觀色，又聊起雨野的話題。

「所以嘍，那個叫雨野的男生，實際上由你看來是怎樣的——」

「我說啊！」

我加重語氣，硬是把她的話打斷。

「在音吹這種學校，怎麼可能會有配得上天道的男人啊。」

「咦？是嗎？」

亞玖璃天真地思索著。嘆氣的我又繼續說：

「天道會來這種偏差值的學校念書，本來就算是奇蹟了。實際上，她好像三天兩頭就會被明星學校的人或者知名高中的棒球隊員告白。那種女生哪有理由會從音吹的底層男生中找對象……」

「啊，不過我覺得你和天道同學是登對的喔，祐。」

我聽見不像從女朋友口中講出來的話，訝異地轉頭。可是，亞玖璃似乎完全不介意自己

的發言……她擺著平常那種呆樣子，臉不紅氣不喘地笑說：

「畢竟你長得帥，條件又那麼好，而且做什麼都厲害。你們在一起超完美的喔。」

「……是喔。」

我不由得洩氣……這女的還是老樣子，神經到底長成什麼樣啊？哪有人會天真地說自己男朋友和其他女人登對……受不了。

這麼說來，我和亞玖璃開始交往的理由也很隨便。當我成功走進高中交際圈，揮別「黑暗國中時期」且朋友越交越多時，幾乎等於初次見面的她就在冬季某一天隨口跟我告白：「上原，我們來交往吧～」實際上，亞玖璃也長得夠可愛，沒什麼理由拒絕的我就迷迷糊糊地開始和她交往了。這是大約半年前的事。

……後來，要提到我們實際做過的事情，頂多就是像這樣在放學後一起玩。況且我們朋友都很多，假日既不會膩在一起也不曾出門來場像樣的約會，更沒有培養過絲毫美好的氣氛，接吻或更進一步的事情就統統不必說了。

……我也是健全的高中男生。儘管本身慾望多到極點，然而也不知道為什麼，大概是因為原本就是由亞玖璃來跟我告白，我就是有種奇怪的自尊心，不允許自己主動對她做什麼。可是亞玖璃也一直保持著這種調調，因此我們的關係固然是發展成彼此講話沒顧忌的玩伴，男女關係方面卻絲毫稱不上有進展。結果，我自己也抓不太到亞玖璃跟其他女性朋友的差別，自然完全沒辦法對她有「積極」的表示。

……話雖如此，既然我們好歹是男女朋友，「看起來和天道同學登對」這種發言還是太沒神經了。

我惡狠狠地瞪了亞玖璃的眼睛。

「所以，妳是看長相來判斷配不配？」

「咦？對啊！畢竟你長得帥，天道同學也跟人家不一樣，長得很可愛啊！」

「……蠢斃了。」

雖然我本來就覺得亞玖璃是個笨女生，可是沒想到居然會笨到這種程度。反正她向我告白，肯定也是因為看上我的外表之類的吧，連形容成一見鍾情都嫌滑稽。受不了，最近的女人真是……等一下，我看不能把亞玖璃當成標準。美嘉和玲奈輕浮歸輕浮，也沒有這麼誇張嘛……唉。

「（的確，要是能跟天道那種女生交往，或許就幸福美滿了……）」

假如光看外表挑對象，那可是上上之選。不對，性格方面也是吧。至少我和她交往，應該就不會像跟亞玖璃一樣把情侶關係搞得這麼累。就算聊天也會很有趣，如果能獨享天道的親暱笑容或羞澀表情，我想無論男女都會一下子就變成她的俘虜……正因為如此……

「（為什麼那樣的女生誰不好選，偏偏選上雨野啊……？）」

大概是因為被亞玖璃說我配得上天道的關係，煩躁感又回來了……哎，夠啦，沒完沒了！我倒想問自己今天是怎麼搞的！雨野雨野的想個不停！

我一氣之下，就粗魯地抓了亞玖璃的手。

「走啦，亞玖璃，我們快點回家！」

「咦？呃，可是人家接下來不是走這個方向耶，祐……」

聽見提醒，我才察覺我們已經來到各自回家的分歧點上。儘管我的臉因而發燙，話一出口也收不回來，只好硬拉亞玖璃來掩飾自己的害臊。

「沒、沒關係啦！亞玖璃，偶、偶爾陪我走回家啦！」

連我都傻眼地覺得男人這樣太蠻橫了。搞什麼？男方送女方也就算了，硬要女友陪自己走路回家，根本連時代錯亂的夫唱婦隨都搆不著邊，只是無理取鬧嘛。

我下定決心，等亞玖璃開口拒絕就要立刻放開她然後一路衝回家。可是，我的女朋友偏偏不懂得在這種時候看場面……

「……哇。好啊，人家送你回去～～！」

亞玖璃帶著滿臉完全莫名其妙的笑容，興奮地接受了我的提議……被她這樣講，我根本拉不下臉了。

「唔……好、好啊！讓妳送讓妳送！」

「嗯！嘻嘻嘻～～」

亞玖璃萬分喜悅地重新牽起我的手握啊握的……哎，這傢伙搞什麼啊……還有，今天的我到底怎麼了……？

「（說來說去，全都是雨野害的！）」

將責任完全推卸出去的我設法保住了心情平穩……並且垂頭喪氣地跟亞玖璃一起相親相愛走回家了。

……真的是莫名其妙耶……

＊

「（呃，夠了，這到底是怎樣……）」

過了一夜來到今天。早上，在二年F班教室。

昨天以前的動搖、焦躁、疑問已經完全被拋開，我整個人都傻了。不只是我，班上所有目擊「那個現場」的同學都一樣。看了「那一幕」，要不變成這樣也難。

「那一幕」——指的就是……

「（雨野……竟然甩掉天道花憐了！）」

天道不知道被雨野拒絕了什麼，眼裡盈出不甘心的淚，滿臉通紅地從F班離去——如此難以置信的一幕。

彷彿預警即將要天變地動的那一幕過後，目前教室陷入只能用一片混沌來形容的狀態。

「咦？什麼情形？我第一次看見天道同學那麼不甘心的臉耶……」

「欸，這根本是感情糾葛嘛！」

美嘉和雅也興奮得用了雨野本人似乎也會聽見的高音量開口，連大樹、章二和玲奈都跟著議論紛紛。他們講到其實那聽起來像在談社團的事，還說那樣天道的反應就顯得不尋常，甚至提議要去問雨野。

大伙當然也問了我的意見，我則回答得愛理不理。在這段期間，我一直把視線放在雨野身上望得出神。

「（說真的，你到底打著什麼主意啊……？）」

明明才剛發生那種事情，雨野居然還是一樣開心地把玩著手機。儘管他一開始曾露出失落或後悔的舉動，可是途中看著手機露出微笑以後，又直接變回平常那個「獨自玩電玩還笑得心滿意足的雨野」了。

「（……都拒絕了天道的邀約，為什麼擺得出那種臉……？）」

我不禁嚥了口水。現在我對雨野的想法與其說是煩躁，心裡發毛的感覺還更強。儘管我大概想得到他們倆之間的關聯性和情況了。

天道八成從昨天就想邀雨野加入某個社團。因為今天她的聲音特別大，所以這部分我們都聽得出來。

可是……雨野卻不講情面地拒絕了……他竟然拒絕了。

對天道本身來說，實際上這樣的結果也是出乎意料吧。她中途就變得滿臉通紅，最後還鬧到帶著極罕見的表情離開的下場……那樣就算無關於愛情糾葛，班上一樣會騷動啦。

吵吵鬧鬧地過了一會兒以後，美嘉看向雨野那邊嘀咕：

「總覺得……有點讓人不爽耶……」

「咦？」

我聽見美嘉意外的這句話，不禁把視線從雨野身上轉回來。美嘉顯得有些慌張地說：

「不、不是啦，沒有什麼太深的理由……」缺乏自信的開場白講完以後，她又繼續說明：

「感覺他就是在擺架子嘛……畢、畢竟都受到別人好意邀請了，一般來講會拒絕嗎？」

令我訝異的是，其他三個人也對美嘉說的表示同感。唯獨本來就對雨野感到不爽的我卻莫名地跟不上大家的想法，還忍不住開口袒護他。

「哎，大概有什麼我們不知道的因素吧？」

不過，這次玲奈對我的意見有了疑問：「是這樣嗎？」

「要是有什麼嚴重的因素，天道就不會露出那種臉了吧？」

「呃……」

「我覺得她會被拒絕，到頭來是因為雨野的心情問題耶，照那樣看的話。」

玲奈觀察他人的眼光很敏銳。確實如此。要是有什麼情非得已的因素，天道臉上縱然會顯得遺憾，也不至於露出那種反應才對。

在團體裡格外有「跟班氣質」的章二無奈地嘆氣，並且嘀咕：

「處於被施捨的立場還想顧自尊心，有夠不長眼的耶。」

聽了他的發言，我的火氣不知道為什麼就上來了。我忍不住衝著章二說：

「……在同年級之間，本來就沒有分什麼地位高低吧。」

「啥？欸，你怎麼了啦，祐？」

我看到章二有些動搖的模樣才赫然警覺……我在唱什麼高調啊？有吧，地位就是可以分高低。實際上，我不就把雨野那傢伙看得比自己低嗎？事到如今還說什麼……

腦筋轉得快又冷靜的大樹似乎看出我的動搖，就幫忙打了圓場。

「不過，今天的雨野確實有種狗眼看人低的感覺。」

這話說得妙。多虧如此，我剛才的發言就可以解讀為對「狗眼看人低的雨野」感到不爽了。實際上這種破綻百出的解釋方式根本就圓不回來，然而我和章二都樂意接受，現場的話題又被順利帶動了。

鬆了口氣的我重新加入大家的對話。一直到鐘聲響起前，我們都熱衷討論著天道和雨野的事情。

我因為曾在一瞬間搞壞氣氛而感到內疚，就特別賣力地講了一堆捕風捉影的妄想或荒謬的推測來搞笑……

可是，只要稍微一停頓，我的視線還是會被獨自開心地玩電玩的雨野吸走。

＊

放學後，由於亞玖璃臨時爽約，我只好自己跑去電玩中心。上門一次以後，不知不覺地就會連去好幾次。我本來就愛講究，對事情入迷時就會陷進去，把心全放在上面。

「（記得就是因為這樣，準備升學考時我才會跟電玩保持距離……）」

走在街上的我現在才想起這種事。為什麼我直到上一刻都以為自己遠離電玩的理由是「膩了」或者「淡出了」？明明我其實超喜歡電玩，才只好用保持距離的方式撐過來。

從這個角度來看，或許我和亞玖璃開始跑電玩中心以後，熱情會再度點燃也是理所當然的發展。

抵達以後，我先在店裡晃了一圈。雖然新機台不是那麼容易引進，獎品遊戲機的獎品倒滿常有更動。品味和亞玖璃不同的我對角色類精品沒那麼大的興趣，今天卻發現了有點在意的貨色，便停下腳步。

「（那是……遊戲軟體？）」

有好幾片上個世代的掌機軟體被擺在一局五百圓的抓娃娃機裡當獎品，形同拋售中古貨。由於狀況稀奇，加上我發現獎品裡有自己在國中時期想玩卻為了準備應考忍住不碰的遊戲軟體，回神以後就投下五百圓了。

我一邊對自己的行動感到意外，一邊操作機械臂瞄準。大概是因為舊遊戲原價不高，包裝上都有安排可以勾住的地方，設計得頗有良心。

我操縱的機械臂果然漂亮地讓爪子邊邊勾到了標籤，並且搖搖晃晃地把獎品送到我手邊。獎品咚隆一聲掉了下來。坦白講，我覺得這樣對待遊戲軟體不太妥，可是也不好對這種事情一一抱怨。

我拿出獎品以後，納悶地對自己為什麼到現在還要拿這種遊戲嘆氣——

「哇，好強。」

——隨後，我身邊就傳來耳熟的聲音。不禁回頭的我發現眼前有似曾相識的畫面……一臉對我感到佩服的雨野正亮著眼睛站在那裡。

我擺出已經不知道該說什麼的微妙表情看向雨野。大概這才讓他發現自己冒出了聲音，只見他頓時臉紅，慌慌張張的不知所措。

「（……感覺他實在不像會斷然拒絕天道的人……）」

仔細一想，這傢伙沒玩電玩時動作就鬼鬼祟祟的，確實像個普通的落單可憐蟲……難道只有跟電玩扯上關係時，才會讓他的人格改變一些？

這麼想的我盯著雨野，果然他整個人慌歸慌……感覺還是從哪裡擠出了勇氣朝我走近，然後對我低頭行了禮。

「啊，我是雨野！跟你同班的雨野！」

「我知道啦。」

我淡然無比地回應。可是這個傢伙似乎不太會察言觀色，對我的態度理都不理，只顧多靠近一步，然後……用手指了我手上的獎品遊戲軟體。

「這、這個！你好厲害，上原同學！之前你還抓到布娃娃耶！」

「唔、唔嗯？呃，沒什麼……碰巧而已……」

怎麼著怎麼著？為什麼這傢伙會找我講話？狀況來得太意外，我看不出該怎麼應對。

在我想東想西的時候，雨野又繼續說：

「欸，上、上原同學，你喜歡電玩嗎？為、為什麼你會抓這個獎品……？」

「咦？啊……沒有，就說是碰巧了。因為剛好有一款我想玩的……」

「咦，哪一款哪一款？」

「唔喔。」

雨野越貼越近。好噁，這傢伙是怎樣？深到骨子裡的宅男特質嗎？

儘管我覺得他很煩，還是只能回答問題。

「就是這款叫《典範幻想》的遊戲啦……」

「噢噢，ＰＯＦ！」

雨野不知為何眼睛都亮了。儘管我有點不敢領教，卻也能理解像他這種類型的人似乎就會愛這款遊戲。

幻想系列是滿有名的ＲＰＧ系列之一。它和勇〇鬥惡龍一樣，基本上每一代都是各自獨立的故事，標題名稱則不用數字編號，而是將《〇〇幻想》中的「〇〇」換掉。附帶一提，第一款作品叫《史雷幻想》，是重製過好幾次的名作。

另外，戰鬥是橫捲軸式的動作遊戲。正因為這樣，其遊戲性對喜歡輕鬆打格鬥的我來說算是一等一，整部系列玩過不少款。不過，後來出新作時因為要準備應考，被迫放棄玩電玩的我就直接離坑了。

還有，光看包裝和宣傳影片，我無法否認這部系列近年來的畫風和劇情實在太向宅男靠攏了。因此，不太好意思碰那種東西的我就變得有些敬而遠之。我實在適應不了這年頭的插畫……

無從得知我有這些複雜感情的雨野卻以我非常喜歡這部系列為前提，超積極地跟我聊了起來。

「這是名作耶！上原同學，假如你喜歡這部系列卻沒有碰過，那絕對要玩喔！」

「是、是喔。」

「嗯！在整部系列的成熟期號稱要『革新遊戲概念』才推出的這一代，掀蓋之後會發現內容其實都依循了幻想系列的傳統，因此最初也有人把它批評得很慘，可是實際上的完成度高得很！所以我可以抱著自信向你推薦這款遊戲！」

「呃，即使有你的保證……」

比起雨野的品味，我寧願參考亞〇遜網購的評價。當我開始搔頭思索接下來該怎麼辦時，雨野似乎終於清醒過來了。他頓時又變得滿臉通紅，並默不作聲地縮著身子離開我身邊。

「對、對不起！我不小心就沖昏頭了……」

「哎，沒關係啦…………啊～抱歉，反正我只是嚇了一跳。」

我自己也反省了。至少我之前的態度並不應該用來對待好意跟我講話的同學，所以我決定和雨野各讓一步。雨野難為情地發出「哈哈……」的笑聲，一臉過意不去地抬頭看著我。

「呃，那個，我最近做了非常蠢的事情，害自己錯失認識電玩同好的機會……因此，連續兩次看見你玩抓娃娃機抓到獎品，我就發神經地以為這是什麼機會，不小心變得興奮過頭了……對不起。」

「不會啦，你不用道歉…………啊～……那個，謝謝你特地找我講話。」

「咦？啊，我明白了……」

我們倆就這樣面對面沉默下來……這是怎樣？相親嗎？

當我頭痛地想著該怎麼辦時，為我著想的雨野就低頭說：「啊，那我先走了……」然後轉身背對我。

雨野匆匆地用碎步跑去其他遊戲機台的區域。我心情莫名複雜地朝他的動向看了一陣子——於是……

「（那傢伙……搞什麼啊……）」

雨野想碰最近剛出的最新格鬥遊戲，卻又害怕有人坐到對面的位子和他打，只好撤退。

他想找單人遊玩的機台，位子似乎又不巧都被坐滿了，到最後就落得杵在坦克〇記3的機台前，開始猶豫要不要玩的下場。呃，坦克戰〇好玩是好玩啦……

「（難不成……那傢伙喜歡玩電玩，卻不習慣電玩中心的環境？）」

的確，電玩中心玩家和家用遊戲愛好者之間算有點隔閡。雖然我屬於兩邊都滿常玩的類型，不過只接觸其中一邊的人也很多。雨野從外表看就知道是家用遊戲那一派。

雨野又開始一邊發愣一邊徘徊了——結果這一次，他明明沒有礙到什麼人，卻被其他學校的學生咂嘴，然後就徹底受挫般變得垂頭喪氣……那、那傢伙搞什麼啊？

看到後來，雨野那傢伙終究什麼遊戲也沒玩到，落魄地走出店家——

「慢著慢著慢著慢著！」

「？」

我忍不住朝雨野追過去，然後一把搭在他的肩上。雨野不解地回頭看我。他、他的眼神居然像被母兔拋棄的小兔子一樣！

我搔了搔自己的頭髮……然後怨了一聲：「啊～～真是夠了！」接著就直直地看向雨野的眼睛。

「喂，雨野，你來陪陪我。行嗎？」

「咦？」

被我搭話的雨野睜大眼睛。眼看他的臉越來越紅……

「啊，那、那個，我對男人沒有興——」

「想溜也不用套那種老梗啦。怎麼樣？要一起玩嗎？還是不要？」

「……請務必讓我奉陪。」

雨野低頭拜託。

我無奈地聳聳肩。

不過仔細一想，我自己到底是在做什麼……我忍不住摀著額頭壓抑頭痛。

＊

雨野看上的遊戲原本是家用ＲＰＧ，後來廠商為回應角色得到的熱烈支持，就製作了新款的大型街機對戰格鬥遊戲。還有，當中的劇情似乎是從家用版ＲＰＧ的結局接續下去，所以原本就愛玩那款遊戲的雨野才決意跑來平常不會靠近的電玩中心。

雨野和我一起排隊等著玩機台，一邊害羞地抓頭。

「之前我也來過一次，可是不愧是最新的遊戲，完全等不到空位。就算空下來，立刻又會有別人來玩，所以要悠悠哉哉地看展示畫面或劇情，我總覺得不好意思。」

對喔，之前我也在這裡看過雨野。這表示那個時候他就直接回家了嗎……這傢伙的個性是有多消極啊？簡直令人傻眼……不過……

「…………」

「？上原同學？」

「啊，沒事……」

雨野探頭看了突然停止講話的我……實際上，我越認識這傢伙的個性……越覺得他和天道那件事的形象落差顯著。

壓抑不住的我不禁將疑問直接說出口：

「雨野。那個……你跟天道是什麼關係？」

糟糕。我的臉亂燙的。對這種沒神經的問題有自覺，問起來就會超費精神。換成亞玖璃，大概就能問得若無其事吧。不過這件事一直放在我心裡倒也是事實。

我這不禮貌的問題……讓雨野有些困擾地苦笑。

「這、這樣啊，下課時間那件事……你也有看見對不對，上原同學？」

「嗯……抱、抱歉，要是跟隱私有關，那就不用——」

「啊，不會，事情根本沒有那麼嚴重啦！」

雨野連忙搖手。下定決心的我打算更進一步地詢問。

「聽起來好像是你拒絕了社團的邀請……」

「啊，已經被知道那麼多了啊。唔～～……呃，考慮到那個社團的性質，我希望你跟我只在這裡談就好……」

雨野聲明過以後，雖然只有概略講講，不過他還是把自己和天道之間發生的事告訴我了。實際上，聽完也沒什麼大不了的。他碰巧遇見天道就被邀去社團了，如此而已。儘管天道邀他參加的社團是「電玩社」這一點令人意外，不過除此以外都是照普通流程跑。受邀去社團，然後前往參觀。然而，如果要從這段故事挑出一個不尋常的點，那就是……

「所以呢？結果，你為什麼沒有加入電玩社？坦白講，關於最要緊的那個部分，我聽不太懂你的解釋就是了。電玩社的遊戲和你想玩的遊戲，到底不同在哪裡？」

我一邊確認排前面的客人還沒打完對戰一邊問。於是，雨野又露出非常困擾的臉色。

「呃……怎麼說呢？唔～～……還是很難說明耶……」

「不過，你不是想認識可以陪你聊電玩的朋友嗎？」

「話、話是這樣說沒錯啦……唔～～……」

雨野講話吞吞吐吐，我原本已經完全放下心裡對他的焦躁，現在又復燃了……唉，混帳。我為什麼看到他就這麼不耐煩？連我也搞不清楚自己在介意什麼，因此才更加煩躁。

「啊，上原同學你看，剛好有兩個面對面的位子空出來了！我們去玩吧！」

「咦……啊，好啊。」

和我沉默下來幾乎同一時間，機台空出位子了，我們倆就趕著坐上椅子……坦白講，我得救了。照剛才那樣，真不知道我會對雨野講出什麼話。至少我有自覺我對他的煩躁簡直接近於不講道理的「遷怒」。

總之，先玩個遊戲冷靜一下吧。

猛一看，除了我們以外，目前沒人在排這個機台。等雨野把展示畫面和角色介紹看個過癮，我才投進一百圓，準備下場跟他打。

「故事模式不用看了嗎？」

我隔著機台問雨野。他提高音量回答：

「嗯。我還是等家用版出來再享受那部分好了。來打吧，上原同學！」

「ＯＫ。陶醉於我的美技吧。」

「手下留情喔。」

我本來想玩梗，雨野卻頗認真地回我，感覺不太好意思。

「（換成亞玖璃就會嘻嘻哈哈地笑得像傻瓜一樣……咦？）」

我怎麼搞的？剛才我是不是覺得來電玩中心沒有亞玖璃在旁邊亂High一通，感覺亂冷清的？別鬧了，她在這裡只會鬼叫吧。

我重新專注於螢幕，雨野已經選好角色了。老套的主角型角色。哎，頭一次碰遊戲，這樣選算穩穩當當啦……

「（那我就選……）」

我也挪動游標，煩惱一會兒以後，我選了從外表看起來就難以操作的威力型角色。對面冒出看似意外的反應。

「咦，上原同學，你玩過這款遊戲？」

「沒有啊，第一次碰耶。我只是喜歡角色的造型就選了。」

「這……這樣啊。」

雨野的聲音顯得傻眼……而又高興的樣子。我歪著頭摸不清那種反應有什麼意義，不過對戰立刻開始了，我就把心思放回遊戲上面。

雨野滿有玩家架勢，實際的操作技術比亞玖璃高了不少。他不會像亞玖璃那樣胡亂扳搖桿硬上。不過，正因為如此……

「（……也許他反而比亞玖璃還弱……）」

打格鬥會亂扳搖桿的人對付起來意外棘手。儘管那種人還不到「強」的地步，可是因為他們完全放棄防禦或玩心理戰，縱使發招不靈光，靠一大堆不按牌理出牌的攻擊方式還是可以矇中不少次。

因此，實際上要提到哪一種玩家最弱，那就是……

「（雨野……你真的很好懂耶。）」

再沒有比懂得操作方式，動作卻了無新意的玩家更容易宰割的了。

雨野其實就是個典型。他的行動模式如下：

・為了確認招式，先設法把每招都用一遍。
・記住簡單的氣功類招式以後，就完全靠那招來打。
・要是被防禦或躲掉太多次，會按捺不住貼上來。
・一邊莫名其妙地亂跳一邊貼近。
・光想用強攻擊打中，結果老是被擋。
・不知道為什麼會徹底忘記還有拋摔招式可以用。
・遭到反擊就會急得只顧防禦。
・理所當然地被摔。
・猛然想起拋摔招式的存在。
・變成硬要摔對手，結果照樣被修理。
・血量表剩一點點以後，開始拚超必殺技。
・太專心輸入複雜的指令，放招時機不對導致慘烈撲空。

・最後不起眼地敗在空中輕腳這種小招。

「哇！上、上原同學你好強！」

「是你實力弱啦！」

我忍不住隔著機台吐槽！這、這傢伙打格鬥遊戲的套路太老實了吧！這年頭就算小學生都比他懂得來陰的！

當雨野在對面嘀咕「唔……」的時候，第二局又直接開打。這款遊戲採三戰兩勝制，要是我打贏這場就結束了。

我在第一局見識過雨野有多弱，到了第二局會多少放水兼穿插試招——於是乎……

「（哎呀，他這招的動作在搞啥……啊，原來是挑釁嗎？）」

最近的格鬥遊戲常這樣設計。挑釁動作。雖然沒太大意義，可是能表現出各角色特徵的有趣動作並不在少數。

「（受不了，沒實力還這麼囂張…………好。）」

我也用挑釁動作回敬……可是——

「（啥，他居然用了第二種挑釁動作回我？這款遊戲的挑釁動作變化那麼多嗎！）」

我看了貼在機台上的操作說明貼紙，角落確實附了「挑釁動作2」的小字說明……不不不不不，雨野，你記這個太奇怪了啦！

儘管傻眼，我還是用了挑釁動作2回敬。結果，機台對面就傳來雨野嘀咕的聲音……

「厲害……」

「厲害在哪！你比的標準是什麼！剩下的時間不多，我要上啦！」

「哇、哇啊！去、去吧，絕招『超防禦』！」

「喔哇！」

朝雨野揮輕拳的我整個人被彈回來了！雨野亂得意的樣子。

「這就是大量消耗必殺氣量條來反射所有攻擊的防禦技！」

「強歸強，不過你完全用錯時機了啦！」

我朝浪費所有氣量條的雨野開罵，最後還示威性地直接用了自己角色的超必殺技定勝負。雨野就在機台對面大叫：「唔哇～～！」……這傢伙平常安安靜靜的，玩電玩時的反應卻特別大……

比賽結束，身為贏家的我所操縱的角色可以再跑故事模式。打贏了也沒辦法，我只好隨便玩一玩——

『挑戰者出現！』

「你幹嘛再投一百圓！」

我一邊吼一邊探頭看機台對面。於是，雨野正一臉害羞地看著我這邊。

「呃，反正也沒有人排隊。跟你打格鬥好有趣，我不小心就……」

「我說你啊……」

只有在扯上電玩時，這傢伙才會格外強硬。我只好認命坐回位子上。

「（喔，原來這款遊戲在遇到別人進場挑戰時，連我都可以換角色啊？好……）」

難得有這機會，我就換了角色等雨野選擇。實際開打後，雨野那邊也換成了不是主角的角色。

雨野看了我用的角色，冒出有些訝異的反應。

「咦？上原同學，你換了角色啊。」

「對啊。畢竟似乎可以換嘛。」

「可是……你好像喜歡之前那個角色的造型，而且也開始習慣操作了，這樣好嗎？」

？這什麼問題啊？儘管我不太懂他問的用意，還是據實回答：

「畢竟多用幾個角色會比較好玩吧？你還不是換了？」

「…………」

「雨野？」

「啊，沒、沒事！沒有什麼！就、就是啊，玩遊戲都會想多用幾個角色嘛！」

「對、對啊……」

怎樣啦。雨野的聲音聽起來居然亂雀躍的。我講了什麼奇怪的話嗎？嗯——

我們就這樣打起第二場對戰。雨野仍然一點也不強，可是看他秀出不知道究竟從哪裡學來的奇特動作，乃至於實用性低的怪招……感覺那些舉動根本就把打贏我當成次要之務。

碰到這樣的對手，我也無意窮追猛打，便跟著使出各種招式和動作來對抗。

雖然比賽過程既蠢又沒水準……

「（……沒想到像這樣玩遊戲也滿有趣的嘛……）」

姑且不提在家裡的狀況，以往我來電玩中心都是認真對敵，可是和雨野比賽也不錯。再說我本來就習慣陪亞玖璃玩，全力胡鬧成這樣似乎也會有一些新發現。

由於我在第二局也開始胡鬧，比賽過程變得亂七八糟，到最後是以雨野勝利收尾。明明才幾步的距離，雨野一離開座位就急著趕到我旁邊，然後有些臉紅地望著我。

「玩得好開心耶，上原同學！」

「對、對啊……還好啦。」

縱使我沒雨野那麼興奮，玩得開心依舊是事實，因此我一邊別開視線一邊應聲。雨野微

笑時真的一臉幸福的樣子。

「（啊……是他平時那張臉，下課時間會出現的……那種表情。）」

像這樣從正面看就能理解這傢伙有多幸福。他的臉居然比我想像中還放鬆……總覺得我都不好意思了。

我一邊環顧四周一邊向雨野開口：

「然後呢，接下來要玩什麼？」

「咦？」

「啊。」

我講完以後立刻察覺自己出了紕漏。糟糕，我幹嘛邀雨野玩其他遊戲？他明明已經達到目的了……電玩中心這種環境似乎會讓我露出和亞玖璃在一起時的本色。雨野放鬆的笑容跟亞玖璃有幾分類似或許也是原因。

為了掩飾害臊，我又繼續說下去：

「剛……剛才那場打完，戰績就變成一比一了。這樣感覺不爽快吧。」

「咦……對、對啊！你說得對！就是嘛，上原同學！」

當我提議再比一場，雨野頓時露出由衷感到開心的笑容。

「（受不了……為什麼對我擺出那種表情的人會拒絕天道的邀請啊？）」

在我懷著如此感想的同時，我忽然想到自己還沒問雨野推託電玩社邀約的詳細理由。

但是，我看著雨野這張笑容，目前實在很難提出那個話題……

「上原同學！不然我們接下來一起玩那個吧，那個！」

「你說玩那個……喂喂喂，那不是光線槍射擊遊戲嗎？沒得對戰吧！」

「啊，對喔……嗯，不過兩個人感覺會很好玩，就玩吧！」

「那算什麼理論啊——喂！」

雨野還是一扯到電玩就變了個人，我無奈地跟了過去。

結果，我後來就這樣被興奮的雨野拖著在電玩中心跑來跑去，足足暢遊了一小時。

＊

「好，上原同學，接下來要玩什麼！」

我忍不住狠狠地瞪了無論過多久還是精神十足的雨野。

「喂，雨野。你從剛才就用和我比賽當藉口，趁機把自己以前想玩卻又沒辦法單獨玩的街機依序玩了一趟吧。」

「咦？沒、沒那種事喔。」

雨野轉開視線吹了根本不會吹的口哨。無奈的我傻眼歸傻眼，倒也沒有繼續抵抗，又開始和他物色下一款遊戲了。

實際上，和雨野玩遊戲亂開心的。他的技術一點也不好，坦白講只比亞玖璃高明一點，不過該說是反應有意思嗎……他給人一種打從心底在享受遊戲的感覺，連我都會被那種氣息感染。

而且不可思議的是和雨野卯起來玩以後，我也隱約開始理解他沒加入電玩社的理由了。

「（怎麼說好呢……其實亞玖璃和這傢伙……都滿純粹的耶。）」

究竟是什麼讓他們倆變成這樣啊？老實說這兩個人的共通點少得可憐，奇特的是我卻感受到他們骨子裡具備完全相同的「某種特質」。不過……具體而言是什麼特質，我就掌握不到了。而且……總覺得那令我非常心癢。

我看向心情大好地領著我在電玩中心遊盪的雨野。

「（以前……我好像也有過……這樣的表情。）」

我完全想不起來那是什麼時候，也想不起那是對什麼事冒出的反應。然而雨野的笑容會如此攪亂我的心，大概是因為我自己也有印象的關係吧。

雨野似乎找到了什麼遊戲，就伸手拽我的袖子。

「上原同學！我們接下來去玩那個吧，那個！拜託！」

「啊？怎樣啦，拿你沒辦法，真受不了，玩哪個——」

嘀咕歸嘀咕，心裡倒不排斥的我正打算回話——忽然就在視線前方發現了相當醒目的金髮美少女身影。以角度而言是側臉，不過那明顯就是我們學校引以為傲的偶像玉女天道花憐。她與電玩中心的氣息格格不入，到處都有著迷地盯著她而讓遊戲結束的玩家……這是什麼情況啊？

而且，天道從剛才就東張西望，找東西似的將視線轉個不停……坦白講，我差不多推敲出狀況了，就決定把事情告訴似乎還沒注意到天道的雨野。

「喂，雨野。你看那邊——」

「啊，上原同學。」

「？」

雨野忽然發出亂緊張的聲音打斷了我的話。納悶是怎麼回事的我一看，就發現他正看著我背後……電玩中心入口的方向。我順著雨野的視線回頭——結果，在那裡的是……

「啊……」

穿著音吹高中制服和睦地走進電玩中心的一群人。

猛一看，他們正是平常和我混在一塊的那些同班同學，大樹、雅也、章二，還有美嘉及

玲奈五個人。

我的身體不由得反射性地僵住了。仔細想想，就算我跟同班的雨野一起待在電玩中心，應該也沒有什麼好丟臉……然而一瞬間的反應就是止不住。

不過……那種反應已足以讓雨野的笑容蒙上陰影。

雨野趁那五個人還沒發覺……也趁我還沒開口講些什麼，就急急忙忙地背對我，低著頭踏出腳步了。

「拜、拜嘍，今天謝謝你，上原同學。」

「唔……喂！」

我立刻想留住雨野，可是為時已晚。他拒絕似的鑽過我旁邊，朝著和那五個人相反方向，設在後面小巷的門口快步離去。

只能茫然目送他的我；當著我眼前表情沉痛地走掉的雨野；還有說不出話，來不及對他開口的金髮美少女。

當我杵在原地呆望雨野離開的門口時，背後就傳來了雅也他們的聲音。

「唷，好巧喔，祐！我們剛唱完卡拉ＯＫ出來！之前跟你講過的那一間！」

「是、是喔……那一間啊。」

「對啊，就是那間！還有啊，他們的店員今天也一樣糟糕……咦？對了，亞玖璃呢？她今天沒跟你在一起？」

「是、是啊，她說今天要跟別人玩……」

「這樣喔。所以你是一個人在這裡玩嗎？怎樣啦，幹嘛搞得這麼寂寞！」

「沒有……」

即使我想反駁，可是因為大家都跟著雅也嘻嘻哈哈地笑了起來，就變得挺難開口。當我話哽在嘴裡時，雅也就自己滔滔不絕地講話填補空檔了。

「好啦，總之我們今天也去唱了卡拉ＯＫ。結果呢，居然和上次一樣——」

我聽他發表其實根本勾不起興趣的卡拉ＯＫ遊記，心裡卻悶了各種情緒。尤其是……

「（雨野那傢伙……幹嘛突然閃人啊……！）」

在自責、後悔、焦躁全和在一起的情況下，焦躁般的情緒忍無可忍地先冒了出來。

我不禁開口打斷雅也。

「抱歉！我現在有點急事！拜嘍！」

「咦？啊，是、是喔。拜嘍？」

連雅也在內的五個人還愣著，我就飛快經過天道旁邊，朝雨野離開的門口衝去。從店裡

出來的我直接來到沒什麼行人的後巷，猜了個雨野回家應該會走的方向，就拎著包包往住宅區那邊跑。

「（混帳！我在搞什麼！莫名其妙！我到底想做什麼！）」

我完全沒把感情理出頭緒。我想對雨野道歉？還是發脾氣？何止如此，我連像這樣毫無規畫地追著他跑都不曉得妥不妥當。

然而……我就是不想把這口悶氣藏在心裡！

「（這樣下去，我會變得和國中時期一樣！連一點勇氣都擠不出來，不敢自己交朋友，更不敢把自己真正的志願告訴父母，就和那時候一樣！）」

被絆到的我差點將餐飲店的廚餘桶整個打翻，但我還是衝過行人稀少的暗巷。

當我像這樣全力跑了約一分鐘來到大樓轉角的時候，我終於在前面發現了同班同學的落魄背影。

「雨野！」

我忍不住大喊並且衝上去。於是，雨野反應很明顯地抖了一下，然後戰戰兢兢地轉頭朝向我這裡。隨後，雨野看著一邊喘氣一邊走近的我，不解地歪頭。

「咦?上原同學?怎、怎麼了嗎?」

雨野也主動小步小步地跑向我這裡。我走到他面前，沉默地花了一點時間調整呼吸……

然後一開口就用力瞪著他問：

「你為什麼要逃走？」

「咦？逃、逃什麼啊？沒那麼誇張啦……」

「你就是逃了吧。」

雨野憨憨地陪笑，沒有餘裕的我卻咄咄逼人。對此雨野難免也壞了心情的樣子，露骨地對我板著臉。

沉默降臨在我們倆之間……經過片刻之後……

雨野似乎是承受不住就從我面前轉開視線，然後一臉卑微地像是在說給自己聽一樣，用陰沉的口氣嘀咕：

「畢竟……和我這種人在一起，會讓你困擾吧……再說，你是現充啊……」

「────」

我在聽見這句話的下一個瞬間，使勁揪住了雨野的胸口往上舉。

足以讓血液沸騰的怒火正從我的肚子裡湧現。

我總算懂了。我對這傢伙……對這個同學……

厭惡到反胃的地步。

「呃，唔……你……做什……上原……同……」

雨野痛苦地呻吟。可是我才不管，直接把他的臉拉到自己面前。

以往我對雨野感受到的所有複雜情緒——

我毫不整理地一口氣全部砸到他身上。

「少放屁，你這窩在家裡耍宅的死處男！你以為你是誰啊！對我講什麼『現充』！別用那種詞……別以為用那種詞就能一竿子打翻一船人！你懂不懂！」

「你在………說……什……」

呻吟的雨野一副完全聽不懂我在說什麼的樣子……那些話，連我自己也聽不懂。可是情緒一旦湧出就會像水壩潰堤那樣，在完全宣洩以前都停不下來。

「假如我目前的現實生活看起來充實，那全是靠本大爺的努力所賜！因為我原本只是個眼鏡書呆子，升高中以後才拚了命地改造自己！你的現實生活之所以不充實，都是你自己的責任！我有說錯嗎！雨野，至少我可不認為自己必須被你用『現充』這種一竿子打翻一船人的藐視字眼來稱呼！」

「我才沒有……藐視……」

「不准你說沒有！聽好，你剛才心裡肯定有想過：『比起花力氣經營無聊的人際關係，自己快快樂樂地玩電玩過日子應該有意義得多吧？』我說的對不對！」

「……那、那個……」

雨野臉色慘綠。被我揪著胸口，血液沒流到腦袋……肯定不是他臉色變成這樣的理由。

我稍微放鬆了揪著他胸口的右手，又繼續說：

「對，你的想法未嘗沒道理。我可以認同的只有那一點，因為我也是抱著及時行樂的想法。可是，我享樂的方式水準比你高多了。歌頌青春的我有本事被你叫『現充』。我有死黨，有女朋友。那你的高中生活又如何？你根本是迫不得已妥協才認為有電玩就開心嘛。」

「…………」

我一邊說一邊試著問自己：那我對這樣的高中生活就毫無妥協嗎？……我答不出來，只有不快的焦躁感源源湧上。

為了甩開一切，目前我只把心思集中在雨野身上。

「……欸，雨野，你聽過童話故事『螞蟻與蚱蜢』嗎？」

「……？」

雨野被我突然一問，顯露出短暫的動搖……不過，被揪著胸口的他很快就點了點頭。我露出扭曲的獰笑。

「故事裡的蚱蜢就是現在的我。只要懂得人情世故抓重點，就可以盡情歌頌青春。這樣要是碰上困難，大不了就稍微低聲下氣地找個人拜託，最後一樣能占盡便宜。棒透了吧？」

國中時期天天拚命用功，只有電玩可以當成一帖清涼劑，到頭來卻沒有留下任何成果，令我深惡痛絕的自己。那模樣和眼前的臭宅男重疊在一起。

「雨野，從這一點來看，你又是如何！遊戲很好玩？有那個就夠了？欸，你的逃避方式未免太寒酸了吧！你那種部分……對於你那種部分，我一直都看不順眼！」

跟我以前像極了的部分。明明跟我以前像極了……卻又不一樣的部分。

雨野痛苦地呻吟。

「說那麼多……上原同學，你根本就不了解我吧……」

「我了解！事到如今，對你這種淺薄的人也不需要多問！雨野，你今天拒絕了天道好不容易賞你的邀約吧！有機會毫不費力就當上蚱蜢……你居然因為『彼此看待電玩的態度不同』這種沒營養的理由就輕易放棄了！

雖然你剛才的口氣好像對那件事感到後悔，但你真正的想法不是那樣吧！其實……其實貫徹孤傲的自己甚至讓你在心裡有種『帥氣感』才對！」

「！那、那個……」

雨野眼神閃爍。我繼續說了下去：

「你剛才從我的死黨面前逃走也是一樣的道理！你陶醉在自己塑造出的悲劇男主角形象

裡！我對你……我對你那種部分，無論說什麼也無法容忍！」

「…………」

雨野哀傷的目光勾住我了……簡直就像是被過去的自己凝視一樣。我忍不住變得太過情緒化。

「根本來說，電玩這種沒營養的娛樂哪有什麼好認真的？蠢斃了。再怎麼玩，到頭來對現實生活也沒有任何益處。電玩不就這樣嗎……實在無聊透頂。對啦，從那個角度來看，你說你對電玩社不滿意，我也有同感。光會花力氣在沒用的事情上，跟傻瓜一樣。天道明明外表不錯，都是因為最近那些奇奇怪怪的舉動，風評才越來越糟——」

於是，在我想到什麼就說什麼的……下一個瞬間。

「唔！」

——我的胸口被雨野反過來揪住了。

猛一看，雨野現在的眼神……已經從畏懼者完全轉變成憤怒者了。

雨野自己八成也很難受，卻還是生手生腳地拚命揪住我的胸口往上舉……並且狠狠地朝我的眼睛瞪了回來。對此，我不禁感到佩服。

「（怎樣？你也露得出這種眼神不是嗎……然後呢？你為什麼發飆？自己是個只會羨慕現充的廢物被說破了就發飆？自以為拒絕天道的邀請很酷被說破了就發飆？還是……）」

反正我講這些話有我的信念在。無論雨野怎麼反駁，我也完全沒有要讓步的意思。而且，我不認為自己會理虧。

我等不及聽他反駁。

雨野揪著我胸口的右手正無力地發抖，眼淚幾乎盈眶……同時，他卻拚了命地在眼裡催鼓氣勢，緊接著……

彷彿不管怎樣都想把話說出來的雨野——終於脫口對我反駁了。

「你別瞧不起螞蟻！」

「…………啥？」

雨野的話太出乎意料，讓我連生氣都忘了，瞪著眼睛杵在原地。當我揪住雨野胸口的力道也不自覺地放鬆時，他就拚命朝我逼近。

「我、我確實什麼努力都沒有付出，是個興趣只有玩電玩的廢人！這我從一開始就知道了！所以我不會對這些做任何反駁！非常對不起！還有，很抱歉把你叫成現充。其實連我都覺得自己那樣講話有問題！坦、坦白講……上原同學，我是因為沒辦法和你一起玩，才嘔氣講了那種話！真的很抱歉！」

「咦？是、是喔……？」

雨野揪著我的胸口卻又好像全面認同我對他的批評，還全力向我賠罪……這什麼情況？

雨野仍繼續用全力賠罪。

「還有，關於『自以為拒絕天道同學邀請很酷』的部分真的完全戳中了我的痛處！我聽你說完才產生自覺，嚇了一大跳！沒錯，我超煩的！還有還有，其實我也覺得拒絕天道同學的邀約簡直是瘋了！居然為了莫名其妙的自尊心就糟蹋交朋友的機會，我簡直爛透了！蠢到不行！腦袋有問題！」

「我、我沒把你罵成那樣就是了……」

雨野這樣講話，身段已經比卑躬屈膝還低得多，我要凶也凶不起來。

想著這下子該怎麼辦的我忍不住搔搔後腦杓——這時候，雨野卻低著頭，降低了音調。

「……呃，退一百步我也可以認同你說電玩沒營養的想法。是的……基本上，玩電玩沒什麼用。我明白，雖然我就是因為那樣才覺得有趣……不過，坦白講要衝著沒營養這一點跟你辯，我也沒有籌碼可以否定你。這我認了。可是……」

雨野暫時把話斷在這裡。他低著頭，經過片刻以後……等他再次抬頭時，眼裡只剩下高漲的強烈意志，並且直直地看向我的眼睛。

「可是，我不准你在批評電玩時還順便瞧不起電玩社與天道同學！」

「！」

有些出人意表……卻又帶著某種正當性的反駁，讓我說不出話。

這時候，雨野用柔和一點的臉色把話題切入核心。

「上原同學，就像你說的，我也覺得『螞蟻與蚱蜢』當中的蚱蜢確實很聰明。我佩服牠那麼會做人，坦白講，我也覺得那種生活超令人羨慕。其實，我也想當蚱蜢。當然的嘛。可是……可是呢。」

雨野語氣一轉，變得堅決而尖銳。

「即使蚱蜢再怎麼聰明……牠還是沒有權利瞧不起努力工作的螞蟻才對。」

「！你……」

我明明有所準備，明明那麼自信滿滿。

但我卻完全講不出話反駁。

雨野勢如怒濤，更拚命地對著嘴巴像金魚一樣開闔的我說：

「你要批評像我這樣散漫的廢人可以，我覺得你說得對。被你一罵，我才重新體會自己有多糟糕。別說螞蟻，一點都沒努力的我根本就是隻蝨子。我連半點對你說三道四的資格都沒有。真的很抱歉。不過，就算……就算是這樣！」

唯有此時才完全不口吃的雨野用真心打動我。

「就算我們談的是『電玩』這種『沒營養』的東西！你都不應該在批評我和電玩的時候，還一知半解地順便瞧不起那些在某件事上面投注心力的人……你不應該亂批評天道同學和電玩社的成員！」

「……唔。」

糟糕，我何止回不了嘴，還對雨野說的話徹底信服了。

對。我在衝動之下一不小心就把所有人都罵得很難聽，然而是我自己要對雨野感到煩躁的，就算雨野退一百步接受我的批評，我也不必連天道、電玩社還有電玩的價值都胡亂詆毀才對。

當我感到心灰意冷時，依然揪著我胸口的雨野卻露出好臉色，語氣溫和地繼續說：

「尤其天道同學真的是個好人，她居然邀了我這種人兩次。長得可愛這一點自然不用提，個性又溫柔，有行動力，還有電玩天分。實際上，天道同學明明腦筋非常好卻特地來音吹念書，就是為了加入電玩社喔。這樣的她對我來說，簡直是初戀——不對，真的是值得尊敬的對象。正因如此，即使我全盤接受你對我的批評……」

雨野先停了一拍才重新望著我開口。

「唯獨你瞧不起天道同學乃至於電玩社的那些話，我絕對要你收回去。」

儘管雨野顯得有些畏懼，耿直的眼裡卻充滿了程度更甚的信念。

被雨野用那樣的眼神看著……原本一直在我心裡做怪的那股對他的焦躁感自然也就不知道跑哪裡去了。

「（啊……搞什麼，這傢伙……果然和以前的我完全不一樣嘛。他比我以前……不，他根本比現在的我還要更……）」

我嘆了一口氣，把雨野已經放鬆的手從胸前解開，然後拍了拍制服的皺褶並向他謝罪。

「……是我不好。關於電玩社還有天道那些話，我向你道歉……呃，還有……對你漫罵的那些內容也一樣。好像……都是我在亂找碴，抱歉。就這樣了。」

我彎下腰低頭。雨野慌慌張張地揮手。

「上原同學……沒、沒有！一點都不會！你罵我的部分是錯在我身上！」

我明明在道歉，雨野卻反而不停低頭，還變得畏畏縮縮……受不了，真的很沒勁耶。

換了心情的我決定在玩笑話中穿插吐槽。

「不過，斷然拒絕天道欽點的當事人好像沒立場替電玩社說話耶。」

我說的話讓雨野瞪大了眼睛。然後，他滿臉通紅地搔搔頭。

「啊，也、也對喔！呃……那麼……呃……那、那個……」

「……呵。」

雨野連忙想找詞辯解，使我忍不住笑出來。雨野看我這樣，也放心似的笑出聲音……哎，搞啥嘛，像這樣把話講明白以後也就沒什麼了，雨野根本沒有裝神祕或無法理解的地方，他就是個一般般的同班同學啊。之前我自己到底在焦躁個什麼勁？

彼此笑了一會兒以後，我開口問：「那麼……」

「我要回電玩中心，雨野，你打算怎樣？乾脆就和我們幾個一起玩……」

我出於贖罪兼些許貼心的提議讓雨野露出苦笑。

「呃，那樣門檻實在太高了。再說我有遊戲想在家裡玩，今天我先回家了。」

「是喔……那麼……呃，學校見。」

「啊……對、對啊！學校見！」

連同學之間道別時的普通問候都讓雨野露出由衷感到開心的微笑……可惡，我還是不習慣他這種態度，讓人害羞得無法直視。

我在他面前迅速轉身，朝著電玩中心走去。

可是，才走了幾步……

「啊，對了！」

我聽到雨野從背後出聲便回過頭。離我有點距離的他看起來似乎想起了什麼有趣的事，正嘻嘻笑著。

有點不敢領教的我問雨野幹嘛怪裡怪氣，他就忍著不笑告訴我：

「我在笑剛才螞蟻與蚱蜢的梗。上原同學你醞釀好久，還一臉得意地把那講得像精心想出來的比喻。可是，其實那根本一點都不貼切耶。」

「啥，怎樣？喂，你是不是想討打──」

「你自己想嘛。」

我羞愧得挽了袖子想調頭回去找雨野，他就賊賊地笑著……輕聲對我說出了理由。

「為了和朋友或女朋友在一起，你現在還是拚命在努力。這樣跟只會喜孜孜地分甜頭的蚱蜢完全相反──上原同學，你應該屬於超認真又可愛的螞蟻這邊才對嘛。」

「────」

我不由得停下動作。雨野隨口對我說了聲「拜嘍」，然後就轉身離去了。

然而，我就這樣目瞪口呆地杵在原地。隨後……

「……哈，哈哈……這樣啊，結果我現在依然是螞蟻嗎……哈哈哈。」

有股猛烈的可笑感湧上心頭，讓我當場哈哈大笑。

……奇妙的是，我覺得國中時期的自己現在也陪著一起笑了。

「……好啦，接下來呢。」

笑完過了一會兒，我就帶著近幾年來最舒暢的心情轉身，開始沿來程的路往回走。走了十公尺左右以後，我在大樓的轉角拐彎——就在此時……

「…………」

「…………（呆）」

「…………」

……我撞見躲在大樓死角的金髮美少女——天道花憐了。可是，她連近在身旁的我都沒有發現，還帶著一副像是染上重感冒而發高燒的臉茫茫然一直望著某個地方。

我順著她的視線看過去……顯然就是雨野回去的方向……嗯。

「（啊～～糟糕。看見不得了的場面啦……）」

我立刻察覺狀況有多「重大」，忍不住抓了抓鼻頭。

畢竟……那樣子……任誰來看……

「（喂，我們學校的偶像玉女已經完全墜入愛河啦……）」

有個紅著臉眼睛發亮地注視男人離去的純情少女就站在那裡。

天道跟在我後面，八成也是來找雨野的吧。目的當然在於勸他加入電玩社。然而，她卻意外目睹我和雨野發生口角，然後……

「（她看見了之前堅決拒絕邀請的雨野其實這麼替自己還有電玩社著想的場面，難免會這樣嘛。）」

沒想到現實中會有這種一看就懂的「戲劇性戀愛」。哎，也不是說像我和亞玖璃這樣才普通，不過這年頭的戀愛一般都發生得比較平淡才對吧。沒想到我們學校的偶像玉女偏偏與人不同……

我欣賞了一會兒那幕稀奇的光景，然而我也不忍心把愣住的天道直接留在暗巷裡就走，只好找她搭話。

「喂…………天道？」

「…………咦！」

我把手放到天道肩上，她才明顯回神。認出我以後，就用名不虛傳的靈光腦袋辨明自己所處的狀況……然後臉色急速變紅，朝著我大叫：

「我對雨、雨雨雨野同學才沒有任何意思喔！」

戀愛中的傲嬌少女出現了！她好像還沒有自覺！……好蠢。

「啊，好的～～我明白了～～那就祝妳幸福～～」

隨口回話的我行了禮，準備離開現場——

「等、等等等一下！」

「唔啊。」

——我的領口突然被揪住了。還以為死定了。我嗆得猛咳。

可是天道完全沒有冒出擔心我的舉動，還繼續問：

「你你你說你剛才明白了什麼？祝、祝我幸福，到底是什麼意思……？」

「咳咳，咳咳……啊～～……嗯，我覺得雨野和妳還挺配的喔。」

「什——」

天道的臉變得比之前更紅，像水燒開了一樣冒出蒸氣。好，趁現在。

「拜。」

我舉手一揮，迅速逃離現場。幸好這次天道沒有再追來……呼。

「（……現在我好像稍微可以體會雨野被那樣的絕色美少女追卻意外地不怎麼高興的心情了。那個女人確實很麻煩，某方面來說比亞玖璃更麻煩。）」

我慢慢走在往電玩中心的路上，並且默默地扠手思考。

就這樣，當我再次到電玩中心的時候，我在心裡打定了一個主意。

「（好，我要用力幫他們兩個牽紅線，順便鬧雨野！）」

——在我充實的高中生活裡又多了一項青春洋溢的新娛樂。

*

「啊，祐～～！」

「咦？亞玖璃？」

我和雨野分開以後，又回到電玩中心跟雅也他們閒扯淡。就在我覺得差不多該解散的時候，亞玖璃忽然來了。我嚇了一跳，結果她一邊貼著我的胳臂一邊說明：

「我和朋友玩完要回家，路上就想到你說不定會在這裡！」

「啊……是喔。」

儘管雅也他們尋開心的目光讓人很尷尬，我還是無奈地應聲……有的時候，我超怕女人

的這種直覺。雖然我並沒有搞外遇的經驗，不過往後會有多恐怖，似乎可以從中感受到一鱗半爪。

之後亞玖璃也一起閒聊了一會兒，不過時間也晚了，雅也他們隨後就解散回家。

至於我……受到亞玖璃的央求：「玩一次！好嘛，一次就好！」我又被她拉去抓娃娃機前面了。

提不起勁的我洩了氣。

「饒了我吧……妳以為我今天被迫在電玩中心花了多少錢啊……」

「咦～～？什麼，你抓了娃娃送給人家以外的人嗎？」

亞玖璃突然鼓起腮幫子……咦？難得看到她有這種吃醋的反應。畢竟這傢伙可以淡然說出我和天道登對耶。嗯？

儘管我感到有些疑惑，還是一面從錢包裡拿出百圓硬幣一面解釋：

「沒有啦。我只是跟男的在電玩中心到處亂玩。」

這次亞玖璃聽完我說的，就「咦～～！」地露出頗為遺憾的反應。

「人家想看！人家想看祐玩好幾種遊戲的模樣！」

「啥？妳平常不是都在看嗎？怎麼現在又說這種話……」

我投了一百圓硬幣到抓娃娃機裡……亞玖璃還在生氣。

「唔～～……你跟人家以外的人……玩遊戲……」

「（……感覺這傢伙今天心情不太順耶。）」

真難得。亞玖璃明明平時都像個傻瓜一樣什麼都不想，只會笑咪咪的。

……不過也對，我和雨野相處時情緒上的起伏或許要比和女朋友亞玖璃在一起大得多。從這角度來想，我倒不是不能理解她吃醋的意思，可是我並沒有把情況解釋得那麼細啊。

「（說真的……我為什麼會和亞玖璃交往……？）」

我並不討厭亞玖璃，也覺得她可愛……不過這樣就行了嗎？我沒有半點搞ＢＬ的意思，可是我剛剛才跟原本只是同班同學的雨野吵到激情四射，現在卻沒有對女朋友坦誠，感覺亂有芥蒂。

我朝抓娃娃機裡看了一圈。亞玖璃今天似乎想要之前那隻怪貓咪的其他版本。我打算再用勾標籤那招，不過得小心謹慎。

花工夫確認機台狀況的我……手邊閒著也是閒著，不由得就試著問亞玖璃：

「欸，亞玖璃。」

「什麼事～～外遇祐？」

她居然還在氣。這傢伙今天吃錯什麼藥了？我顧不得那麼多，又繼續問下去。

「我問妳……妳是看上我哪一點才向我告白的？」

「咦?」

亞玖璃好像總算忘了要生氣,整個人愣在那裡。對了,或許我是頭一次談這種話題。雖然我在剛開始交往時曾經介意過,卻又覺得自己主動問那些嫌丟臉。後來兩個人一混熟,反而又變得太隨意,就徹底失去了問那些的興趣。

我對抓娃娃的方式有譜以後就細心地開始操縱按鈕。先調整縱向。

「喜歡上你的理由?咦,人家還沒說過嗎?」

「對啊。」

好,縱向完全照著我期望的走。剩下就是橫向了……

我朝亞玖璃看了一眼……她還是一副什麼都沒在思考的樣子,和之前玩電玩的雨野類似,笑得傻裡傻氣。聊到戀愛,她的心情似乎徹底恢復了……單純的傢伙。反正她會迷上我,大概也是因為長相合胃口之類吧。

我把心思擺回抓娃娃機上,然後輕輕地把指頭放在橫向鈕。

「我喜歡上你的理由,當然是因為你帥啊!」

看吧。到頭來,果然都要歸功於我改頭換面順利打進高中交際圈的關係。從這角度來想,也可以證明我的努力並沒有錯就是了……

我滿足於自己的預料之準,同時也莫名感到有些失望,手指就按了橫向鈕讓機械臂移動……好，再過去，再過去一點就停下來，這樣剛好可以停在目標正上方——

「因為國中時期，幫人家抓到娃娃的你實在超帥氣啊！」

「————」

機械臂完全經過布娃娃的正上方，移動到邊邊去了。亞玖璃正發出抗議的聲音：「啊～你在搞什麼嘛，祐！」

而我，早就已經對浪費掉的一百圓感到無所謂，只是茫茫然地望著亞玖璃。

亞玖璃氣呼呼地數落我不中用，我則咕噥著問她：

「妳和我……在國中時期，有見過面嗎？」

亞玖璃聽了我的疑問就把視線轉向抓娃娃機，看似不甘心卻又隨便地回答：

「有喔。啊，當時人家是黑髮綁辮子又戴著圓框眼鏡的土氣妹，所以跟現在完全不一樣就是了！不過你也變了，彼此彼此嘍！」

「咦……咦？」

黑髮綁辮子的土氣妹？我……幫她抓過娃娃？

「（對了……這麼說來……）」

沒錯，好像真有那麼一回事。國中三年級，夏天。當我來這裡逃避準備升學考試的壓力時，我不知怎地玩起抓娃娃機，抓到了布娃娃……然而那種尺寸要是帶回家被媽媽發現就麻煩了。為此頭痛不已的我發現有個明顯不適應電玩中心的環境，看起來樸素文靜又可愛的女生正巴望地盯著那個布娃娃。所以我就……

亞玖璃回頭看了我這裡，並且帶著笑容繼續說下去：

「從那個時候，人家就一～～直喜歡你了。後來人家不時也會到這間電玩中心找你。你偶爾來這間電玩中心就會好開心地只專注玩一種遊戲，然後回家。人家最喜歡那樣的你。」

亞玖璃說得相當輕鬆。可是，我和她講話的調調正好相反，沉陷在腦袋彷彿被重重敲到的衝擊。

畢竟……畢竟這樣的話，這傢伙……亞玖璃喜歡上的……就不是現在的我……

「我知道我們進了同一間高中，可是到你班上一看才發現你變得好有型喔。後來人家問了朋友，就聽說你喜歡的是感覺偏輕浮的女生……所以人家就努力改變自己了。啊，不過我現在滿喜歡自己這個樣子喔。」

嘻嘻──亞玖璃依然笑得像傻瓜一樣。

她那樣的笑容，讓我……讓我──

──不知道為什麼，我突然變得好羞愧，根本不敢直視她了！

心臟撲通撲通跳得超快！我忍不住用手遮著嘴，把視線從亞玖璃身上轉開，她的笑容卻縈繞在腦海裡甩都甩不掉！

「（這是怎樣？這是怎樣！為什麼我到現在會為了亞玖璃這樣的女生緊張得好像心臟都快炸開了……！她、她從國中時期就一直在注意我？她從那個時候……就喜歡上我了？喜歡上真正的我？……亞、亞玖璃會那樣嗎？）」

「祐？你怎麼了～～？」

發愣的亞玖璃出聲問了。我瞄了她一眼。

……好揪心！

「（糟糕，這怎麼回事？亞、亞、亞玖璃的臉有這麼可愛嗎！）」

我完全不懂自己以前是怎麼和她相處的了。

為了逃避亞玖璃，我忍不住當場離開。

「今、今天就地解散！妳、妳也早點回家吧！」

「咦～～！祐，你不送人家回去嗎？」

「妳、妳家直接面對商店街，就算走夜路回去也一點都不危險吧！拜！」

我轉身背對亞玖璃不滿的聲音，匆匆離開現場，然後快步走在街上，想讓發燙的臉冷卻下來。

我就這樣走了一陣子。驀然間，我朝映在櫥窗上的自己看了一眼，結果……
「（……唔。）」
在那裡有個失了魂且滿臉通紅的人影，和剛才的天道完全一樣——
換句話說，映在上面的儼然是純情青年徹底掉進愛河後的臉。

＊

動盪的週五過去，間隔週六日兩天假期，來到週一早上。
由於種種因素，帶著黑眼圈上學的我懶洋洋地走進二年F班教室以後，雅也等人立刻精神奕奕地打了招呼：「早啊！」
忍著呵欠的我隨口應聲：「早～」然後走到自己的座位，把書包擱在桌上。
——接著，我望向教室角落，和原本正在把玩掌機的雨野對上眼。
我猶豫了片刻不知道要怎麼辦，那傢伙似乎也替我操了多餘的心，一下子就若無其事地把視線放回掌機上面。我看到雨野那樣就火了。
……好，我決定了。

章二跟平常一樣正準備從我的座位讓開，我制止了他……然後在他們五個疑惑地觀望之下，朝雨野那邊走去。不只雅也等人，連全班同學都有點注意我那稀奇的舉動……於是，我稍微用力把手放到雨野桌上。

雨野吃驚地抬起視線，然後拿掉接在掌機上的耳機。我則笑著跟他說：

「唷，早啊，雨野。」

「早……早安，上原同學。」

這時，雨野好像才理解我不高興的理由。他尷尬地笑出聲音：「啊哈……」並搔搔臉。

「不、不過像我這樣要是突然爽朗地打招呼……也怪怪的吧？我有我的形象嘛……」

「……唉。」

我坐到雨野前面空著的座位椅背上，應聲說：「也對啦。」

「要是你有朝氣地向我道早，那也有點讓人不敢領教。」

「過分！」

雨野露出大受打擊的模樣。實際上，雅也他們有些動搖地觀望著我和雨野的動向，班上整體氣氛也有被打斷的感覺。

「（哎，難免啦。）」

在天道來訪以後，連我都這樣，雨野就算受矚目也是沒辦法的事。我尷尬地覺得自己或許做了不太妥當的事，雨野卻對我露出亂開心的笑容。

「不過謝謝你嘍，上原同學。之前你肯陪我玩遊戲，我實在很開心！」

「…………」

依舊和亞玖璃類似的純真笑容讓我有種救贖感。

此時，我好像才稍微明白這兩個人的共通點。

「（對他們來說……自己無條件地深深喜愛的東西一直都在身邊嘛。）」

雨野身邊有電玩；亞玖璃身邊則有——…………

「？怎麼了嗎，上原同學？你的臉好紅耶。」

「沒、沒事啦！不、不講那些了，我有事情想問你……」

「咦？啊，這樣喔？什、什麼事情……？」

雨野有些緊張地打直背脊……他大概以為我又要講什麼嚴厲的話吧……那樣也讓我滿難啟齒。

我沉默了一會兒……然而再這樣下去也不是辦法，我就下定決心問雨野。

「……我打不過典範幻想第五章的首領耶……」

「咦…………啊，這樣啊！」

我用眼角餘光瞥向雨野。他臉上綻放的笑容……燦爛得有點令人匪夷所思。雨野整個人

都湊過來了。

「那裡啊，用正常方式打是打不過的啦！」

「表示那是必敗的劇情戰嗎？呃，可是輸了以後遊戲照樣會結束……」

「不，不是那樣，那裡不按照特定順序出招就過不了。」

「咦？……啊，我懂了！劇情一開始好像有講到這一點！」

我也忍不住興奮地把手放到桌上。糟糕，我好想趕快試試看！基本上，那是我難得玩得著迷到熬夜的ＲＰＧ！過關方式弄清楚以後，坦白講我現在根本沒心情聽課！

雨野十分開心地笑了。

「那邊真的有夠難懂。其實我也曾經被迫上網看攻略。」

「啊～～我也有想過要不要上網查，可是總覺得看攻略就輸了。雖然看了一次以後就不會再抗拒……但我玩的是第一輪啊。」

「啊，我懂！有些情況下看攻略就會破梗！」

「沒錯沒錯！就算劇情沒有詳細寫出來，還是有光看迷宮名稱就意外破梗的案例！」

「就是啊！真希望寫攻略的人再貼心一點。呃，雖然看的那一方說起來也有錯啦。基本上，也有攻略資訊搜尋到一半就被輕微破梗的案例。」

「有喔有喔！比如搜尋候補詞會直接跳出『角色名稱＋背叛』！」

「狀況多到不行！」

我和雨野有說有笑地聊電玩越聊越起勁。不過，我們倆也同時察覺班上同學變得有些鼓譟，就害羞得咳了一聲清清嗓……咦，奇怪？

「…………」

猛一看，有個金髮美少女正從教室門口探頭看過來。她看著我這邊，居然還亂不甘心地咬牙切齒。

「（哈哈～～天道八成是放棄了邀雨野加入電玩社的念頭，可是又自然而然地擺著高姿態想：「那我是不是應該找些電玩的話題陪沒有朋友的他聊一聊呢？」結果來到我們教室以後，「電玩聊伴」的位子已經被我占走，狀況大概就是這麼回事吧……我們學校的偶像玉女太有意思了。）」

「？上原同學，怎麼了嗎？」

「啊，沒事，因為天道又出現了……」

「咦？」

雨野被我一說才看了教室門口。結果，天道就慌慌張張地離開了。雨野因而呆住。

「呃……剛、剛才那是怎麼回事？難道說……天道同學超怨恨我嗎？」

看來他似乎在介意自己拒絕電玩社邀約那件事。我忍不住笑了。雨野歪頭看我。

「呃，沒什麼。我覺得你們兩個很有趣。」

「才、才不有趣！你還幸災樂禍！哎，我惹天道同學生氣了，得、得跟她道歉……」

哎呀，那就不好了。我得……我得讓事情更有趣才行！

「啊，不用啦不用啦，別理天道。對方主動找你講話以前都不用管她。」

「上原同學，你是不是對她突然變得特別苛？」

「咦？沒有啦，與其說我苛，這種時候就是要讓她急一點才有效果……」

「急、急一點？有效果？」

雨野好像依然丈二金剛摸不著頭腦。我悶聲笑了笑，然後從椅子上站起來。

「哎，別介意。呃……拜啦，雨野。」

「啊，好的。拜拜，上原同學。」

雨野笑著目送我離開以後，又一臉開心地面對掌機了。

………

「啊……呃～～喂，雨野……」

「？咦？怎麼了嗎，上原同學？」

背對雨野的我一邊揉頸子一邊像是剛想到似的開口。

……其實，這才是我要談的正題……可是實在難為情。

間隔片刻……為了不讓雨野發現這才是正題，我悄悄地問：

「以後我可以再來問你電玩的事情嗎？」

「咦……」

我微微轉頭偷看他的模樣。於是……雨野和之前玩遊戲的時候一樣露出了最頂級的幸福微笑，並且用力地點頭。

「嗯！熱烈歡迎！下次再聊吧，上原同學！」

「……好。」

我揮了揮手，回到雅也等人身邊……結果，我們到頭來還是跟平常一樣，什麼都沒變。我在班級的中心過得熱熱鬧鬧，雨野依然獨自窩在教室角落忙著玩電玩，連稱不稱得上朋友都不曉得的微妙關係。我和亞玖璃也是，兩個人之間的男女朋友關係至今毫無改變。

關於電玩也一樣，我並沒有重新給予多高的評價。在我心裡，和朋友往來或其他娛樂的優先度依然遠比電玩來得高。我和雨野不同。

……不過——

「？祐，怎麼了嗎？」

「咦？你在問什麼？」

當我們和平常一樣呆呆地閒扯淡扯到一半，大樹突然問了我一句。

平常在某些地方就格外聰明的他正一臉不解地望著我。

「呃，總覺得你今天心情不錯。碰到什麼好事了嗎？」

「好事？沒有啊，沒什麼大不了的……啊。」

「想到什麼端倪了嗎？」

「嗯，我想到了。雖然真的只是沒什麼意義的小事。」

「？什麼事啊？」

大樹偏著頭問，而我……

我羞澀地回了他一句：

「最近我覺得玩電玩挺有趣的啦。」

✖星之守千秋與錯身通訊

「唔哇…………好厲害。」

我一邊操縱接在電腦上的遊戲手把，一邊忍不住讚嘆。

畫面上映著的遊戲……並不是什麼最新的遊戲精美大作。

用現成素材與固有的RPG介面來架構，畫面則以懷舊的點陣圖呈現，讓人聯想起超級○天堂時代的獨立製作遊戲。

也就是所謂的免費遊戲。

大多是本著個人興趣製作，並在網路上免費提供的遊戲。目前我正在玩當中最為熱門的用RPG製作工具製作出來的一款冒險遊戲。

儘管畫面是用RPG的系統構成，裡面卻幾乎沒有戰鬥或成長要素。從頭到尾的目的純粹在於探索、解謎還有享受劇情。以免費遊戲來說屬於常見的類型，正因為如此，其品質很容易玉石混淆。然後，要提到我玩的這款遊戲品質如何……

「呃……這個要用在這裡嗎？」

我操縱擔任主角的小女孩，從道具欄選了剛才拿到的道具「死之鑰」進入新房間「毒之間」——於是，出現在前面的是整塊牆壁都鑲著人臉，看得見萬頭竄動而且不知道用什麼語言在呻吟的空間。

「……哇喔，作者的腦袋依舊有病……」

我吞了口水。此外，「腦袋有病」是我的稱讚詞。

實際上，這款遊戲……應該說，這位作者每次做出來的遊戲都讓人完全無法理解。玩到一半的劇情鋪陳中規中矩，也沒有明顯的程式錯誤或別字，以遊戲來說製作得實在細心……

無奈的是，「超進展」太多。

而且那不是尋常的超進展，無厘頭程度幾乎讓玩家以為遊戲玩到一半變成了另一款。還以為作者之後會自圓其說，結果前面的劇情就直接拋到九霄雲外了，令人納悶之前那些內容到底是幹什麼的。

那樣當然不可能廣受歡迎，因為這個人製作的遊戲未免太挑玩家了。不過，只有第二款作品的作風相對溫和，沒有異常的超進展，收尾得意外普通，因此一瞬間曾打進免費遊戲的人氣排行榜。像我自己也是透過那款作品才會認識這位作者……

除了第二款，其他作品都毫無例外地……說得好聽一點叫獨特；說得難聽就是——

「有點看不懂內容在講什麼耶。」

只能如此形容的產物，宛如將某個人的惡夢直接具現的世界觀。

不過這種作風在胸襟廣闊的免費遊戲界也會意外地擁有其盲信的人氣……該怎麼說好呢？我覺得這個人的創作倒也沒有「突出」到那種地步。

以作風而言，來來去去就是一個套路：「故事開頭滿有趣，中途會因為超進展而支離破碎，然後在一團糟的情況下進入結局。」做為其特色的超進展劇情其實也沒有什麼能考究的「深度」，因此跟別人聊不太起來。

無高潮、無收尾、無意義、無滋味的四要素（我發明的原創評語「四無」）齊聚的作風，這正是這位作者——《ＮＯＢＥ》的特色。

然而，我對這位《ＮＯＢＥ》製作的遊戲卻莫名有好感。

要問理由，我也說不上來。前面提過的缺點真的都讓我覺得是缺點，超進展更會讓我吃不消地吐槽：「喂喂喂……」搞不好我對負面評語有認同感的部分還比較多。

即使如此，我還是會期待《ＮＯＢＥ》推出新作。

當我一邊茫然地思考著作者的事情一邊探索陰森的「毒之間」時，牆上的人臉就各自開口講話了。

「手機服務商拍的廣告都有點言不及義耶。」「冰淇淋感覺是滿好吃的啦，唱歌就免了。」「為什麼動不動就要拍真人版影劇呢？」「我不認同附招待碼的罐頭留言能當成評語。」「事到如今才出大型ＤＬＣ也嫌晚了吧。」「只要加上『珍藏版』三個字就可以用天價賣人的風氣。」「體能和藝能完全是兩回事。」「唉，『本次作品強化了與網路的聯動功能』是嗎？」「你之所以不受歡迎，無論怎麼想都是錯在你身上。」

「原來『毒之間』的毒是毒舌的意思嗎！」

我自言自語地對畫面吐槽，臉上卻不禁盈現笑意。

沒錯，就是這種感覺。雖然我完全沒辦法解釋清楚，可是我在玩這位作者的遊戲時，臉上總是莫名其妙地帶著笑意。

這跟遊戲爛過頭只好苦中作樂的思維也不太一樣。我可以評價得更為直接，由衷地表示這個人的遊戲……世界觀讓我很舒服。

好比遊戲訊息的用字遣詞、挑圖片的眼光、配樂的使用方式，說起來真的都是一些瑣碎的部分。

這些要素都很合我的胃口。

從偶爾更新的研發部落格內容可以窺見的人性也非常讓我有共鳴，甚至令我訝異：原來世上有和我感性這麼合的人啊。

我肯定是對這位作者身上可以稱作「為人」的部分大有好感吧。

話雖如此，其年齡、性別全都不明。雖說網路上常有這種狀況，不過從部落格的私生活記載都徹底細查且含糊不清這一點來看，作者似乎保密有加。要說到唯一知道的，頂多只有《NOBE》這個網路化名。

我和作者之間當然也不可能有交流。我偶爾是會主動在部落格的留言欄填寫對新作的感想（基本上只稱讚）或者對部落格文章表示有同感，就連這樣都沒有獲得任何一次回應。可是我也喜歡《NOBE》這種冷冰冰的態度，已經算症狀嚴重的末期信徒了。

「呃，接下來……走這邊嗎？」

將「毒之間」整個探索完以後，我又讓主角走進下一個房間，裡面卻不知為何是海底……我明明只是在探索洋房，連走進地下道的描寫都沒有，突然就冒出位於海底的房間。

我愣歸愣，還是先探索四周——

——下一個瞬間，主角就被突然出現的巨大水母吃掉而喪命了！

「咦？」

太不合理的狀況讓我瞬間呆住，不過這種絕命陷阱在這位作者的遊戲裡很常見。用不著

慌，叫出稍早的記錄檔重來就好。我默默等待標題畫面出現……可是盼了又盼等了又等，還是沒秀出遊戲結束的訊息，只有吃掉主角的水母一直顯示在畫面中間。

「…………」

我心裡想著「不會吧」，然後戰戰兢兢地按下手把十字鈕的左鍵。於是乎——

——巨大水母往左走了一步。

「主角可以這樣交接的嗎！」

連身為瘋狂信徒的我都忍不住朝畫面大吼。緊接著，隔壁房間就傳來弟弟擔心的聲音：

「哥、哥哥，怎麼了嗎？」我只回了一句：「沒、沒事。」然後又把視線轉回遊戲畫面上。

為了確認，我用手把的十字鍵操控上下左右。巨大水母便隨著指示移動。

我啞口無言地朝那模樣看了一會兒，不過臉上很快就恢復笑意，然後繼續玩下去。

當我就這麼操縱水母玩著遊戲……驀然間，嘴裡幾乎無意識地發出嘀咕：

「說真的，《ＮＯＢＥ》究竟……是個什麼樣的人啊……」

當然，我也曉得在網路上活動多少都會有扮演成不同人格或匿名的狀況。

即使如此，我對《NOBE》這個人還是十分有興趣。

＊

「喂，雨野！《NOBE》做的遊戲簡直超無聊！」

某天早上。快步跑進教室的上原同學沒先到自己的座位，直接來到了我的座位這邊，然後一開口就拉大嗓門跟我抱怨。

我連忙試著用笑容爽朗地道早。然而，上原同學理都不理我，還擺出連其他同學看了都跟著鼓譟起來的凶悍態度逼近。

「因為你推薦說有趣，我才信任你耶！在開頭的『懸疑探索』階段，看到遊戲裡設了那麼多謎團和伏筆，我心裡確實很期待！」

「嗯，開頭滿有趣的。」

「對啊！何止如此，連遊戲玩到一半突然超進展變成『釣魚遊戲』時，我心裡雖然非常動搖，還是告訴自己：『哎，不過雨野那麼推薦，劇情到了後半段應該會好好地接回去，最後帶出感人結局吧……』然後耐著性子繼續玩！」

「哇喔。上原同學，我覺得你那種不會立刻放棄的性格是優點耶。」

我試著用誇獎的方式盡量安撫他，但效果不彰，上原同學不停抖著拳頭說：「結果……結果卻……」接著就「砰」一聲拍了我的桌子，含著眼淚大吼：

「為什麼最後的結局是釣到超大隻黑鱸魚的大叔一臉得意地跟魚拓合照啦！啥玩意啊！前半段的幽靈洋房之謎跑去哪裡了！」

「哎呀～～真的好有趣對不對？」

「哪裡有趣！你的品味太超凡了啦！那根本就是爛遊戲！」

「嗯，差不多。」

我坦然回答。上原同學則抱頭掙扎。

「你居然還認同！那你幹嘛推薦給我！惡意嗎？你是惡意的嗎！」

「怎麼會！有一成是出於善意喔！」

「那惡意不就占了九成！可惡，你賠我！把我放著『毒舌○察隊』沒看，還花了一個晚上玩那款爛遊戲的時間統統賠給我！」

「啊，昨天播的『喜歡電玩的諧星』超有趣耶。」

「你居然有看！」

我被上原同學狠狠地掐了脖子……唉，不過這真是太幸福了。本來對校園生活完全灰心的我竟能體驗到這麼有朋友味道的互動，像夢一樣呢。真的就像一場夢……如夢似幻……周圍有這麼大片的花圃……咦，在那邊的不是只從照片上看過的曾祖母嗎——

「欸，你掐得太認真了啦！」

我連忙把上原同學的手甩開。於是他一臉憤怒地回答：「我是真的在生氣！」這、這樣啊，原來他真的在生氣。糟糕，我完全荒廢拿捏和朋友之間距離感的方式了。

我有些沮喪地向上原同學陪罪。

「對、對不起喔。呃，雖然我確實覺得那款遊戲有九成的機率會和你不合，可是一不小心……就期待你或許會喜歡了。」

「啥？啊……追根究柢，這件事是我問你『有沒有什麼內行人才曉得的遊戲可以推薦』才起頭的……抱歉，我也發飆過頭了。」

上原同學一邊說一邊亂抓頭髮，然後在我前面的座位一屁股坐了下來。我把手機放到桌上，再一次向他賠罪：「對不起喔。」

上原同學嘆氣說：「沒關係了啦。」不過立刻又接了一句：「可是啊……」

「你會覺得那種玩意有魅力，我真的連一丁點都無法理解你的品味就是了。」

「啊～～……哎，或許是吧……」

我沒有提出什麼反駁。實際上就算在網路上，我也沒有見過除我以外會大力稱讚《NOBE》作品的人。

我一邊苦笑一邊回話：

「哎，其實我也覺得那樣的遊戲真的很糟糕喔。」

「對吧？基本上，你對遊戲的品味跟我又沒差多少。事實上，你之前推薦給我的東西全都有趣得不得了，所以我對你的眼光才這麼信任。」

「謝謝。」

聽人這樣說是身為電玩玩家最大的福分。然而，上原同學卻一面把手肘放到我桌上一面對我白眼。

「可是正因如此，我不明白你推薦那個有什麼用意。感覺你就是想整人。」

「啊～～……說得也對……」

「唔，喂喂喂，你不反駁啊？」

上原同學看起來像想跟我辯卻撲了個空的樣子。我搔了搔臉頰。

「唔～～……哎，我沒有話可以辯解耶。該怎麼說呢，那款遊戲的魅力是不能用話語解釋的。要是用比較狂的口氣來說，不懂的人就是不會懂，和對食物的喜惡一樣。」

「食物是嗎……要我說的話，那才不是喜惡的問題，連本身算不算食物都很可疑。以遊戲而言根本不成立。」

「或許吧。可是我喜歡啊。」

「……你喜歡釣黑鱸魚的鬍子大叔？」

「不是那樣。我喜歡的應該是裡面的所有細節，或者世界觀。」

「搞不懂你耶……」

上原同學說完就把身體靠到椅背上，翹著椅子晃呀晃的，在後腦杓交抱雙臂……老實說，我也沒辦法進一步說明。不過，如果硬要找個還沒用過的漂亮比喻……

呵呵微笑的我稍微裝酷說：

「沒錯，上原同學，這跟戀愛類似，用道理是說不明白的。」

「唔。」

「……你這處男在對有女朋友的人講什麼鬼話？」

雨野景太的心受到一億傷害！我羞愧得臉紅了！

「問、問題不在那裡啦！我講的是更純粹的心靈聯繫！雖、雖然你跟你的女朋友或許已經有……呃，更私密一點的聯繫了。」

「啊？」

「咦？」

不知道為什麼，我說的話讓上原同學愣住……間隔片刻，他的臉就紅得完全不輸給我了。隨後，上原同學把視線轉到了旁邊……莫非……

「呃……上原同學，我記得你和現在的女朋友已經交往了快半年……」

「啊，沒錯！心靈上的聯繫很重要！對，那才是一切！」

「……………」

「不、不講我了，你那邊又怎麼樣？你那邊呢！」

奇怪？難不成上原同學外表看起來超輕浮，卻意外地——

上原同學突然用質疑來掩飾害臊。我不禁歪頭。

「我嗎？呃，就說我跟《NOBE》並沒有任何交流……」

「誰跟你說那個！我指的是你跟天道，天道啦！」

意外的人名忽然冒出來，我真的只能傻愣愣地歪著頭。

「天道同學？咦？天道同學怎麼了嗎？假如你是問我跟電玩社的交流，我偶爾在走廊上碰到三角同學就會跟他打聲招呼或閒聊幾句……」

而且我沒碰過三年級的學長姊，原本就像個天上人的天道同學當然就更不用說了……

「我和天道同學早就沒交集到有點哀怨的程度了啊。」

我回話的口氣就像：「事到如今還問這個做什麼？」於是，上原同學不知為何露出了明顯傻眼的表情。

「你這樣說……是認真的嗎？」

「咦？我是認真的啊……難道說，你想叫我主動告白然後翻船給你看？」

「呃，不是那樣……從那次以後，你常看見天道吧？」

「？啊，對呀。單方面看到她的情況是有啦。壞就壞在之前交流過一次吧，我變得比以前更容易用眼角餘光注意到她了。唉～～……我這樣是不是很娘娘腔？」

我察覺到自己有多噁，變得有點沮喪。或許在我心裡對天道同學還是帶有某種眷戀，或者還抱著什麼希望吧。罹患中二病真令人困擾。

我露出心裡有愧的微笑以後，上原同學就顯得更傻眼了。

「你……雖然腦筋並不算遲鈍，可是因為對自己太沒自信，在感性上有點偏差耶。」

「？偏差？呃……啊，你是在講我對《ＮＯＢＥ》製作的遊戲的看法嗎？」

「不，不是那件事，我講的是天道……算了。反正那樣也有那樣的好玩之處。可是，你要小心兩個人走得太遠，到最後就直接脫鉤了。」

「？走得太遠？啊，不要緊，好一陣子都沒碰電玩的你或許不知道，其實３ＤＳ錯身通訊功能的有效距離比想像中遠喔。」

「……是喔。」

上原同學看似不感興趣地回答我……怎麼回事啊？我覺得我們兩邊的對話兜不太起來耶。這就是御宅族玩家和現充之間難以填補的鴻溝嗎？

——這時候，我忽然發現手機收到了社群遊戲的求援訊息。我跟上原同學說了一聲才打開來查看，結果果然是來自《MONO》的訊息。當我打算一面解決任務一面和上原同學聊天時，他就有些好奇地探頭看了手機螢幕。

「啊，上原同學，難道你對這個有興趣？那我發一封邀請——」

「唉，不是啦。我有興趣的是另一邊，另一邊才對。那個……叫什麼來著的玩家？讓你拒絕天道邀請的主因之一……」

「嗯？啊，你是指《MONO》嗎？」

「對啦。跟不曉得長相或個人背景的人莫名有心靈交流，感覺不是滿有命運感嗎？」

沒想到上原同學好像是個浪漫主義者。

「如果對方是美少女就太美好了。唉，不過關於《MONO》這個人嘛，就算他是大叔我也完全不介意。」

「咦……難不成你的喜好是……」

退縮的上原同學表現得滿像一回事。我連忙解釋：

「不、不是啦！我覺得只要能開開心心聊電玩，對方是什麼性別根本無所謂……倒不如說，跟男性講話還比較沒有顧忌。」

「喔……原來如此……你真的把電玩當作一切耶……」

「沒那回事。我也常常在想：天上能不能掉個美少女下來呢？」

「你那樣的感性還是太偏電玩。」

「話是這樣說啦，但我絲毫沒有像純〇手札一樣勤快地把參數練上去的毅力！我會期待天上掉下來的幸福，外加對方無條件的付出好感！」

「你未免太廢了！」

上原同學傻眼地深深嘆了氣，然後就發呆望著我的手機畫面。當我解完救援任務以後，他嘀咕著問了一句：

「……對了，你拿來當網名的名字為什麼會取成《小土》？我還以為你姓雨野，就會取個《ＲＡＩＮ》之類的名字。」

聽完問題，開始覺得被人看著玩社群遊戲還滿丟臉的我不好意思地回話：

「老實說，我玩ＲＰＧ就會把勇者的名字取成ＲＡＩＮ或景太。不過網路上的用戶名稱，我會希望和自己的相關性遠一點……」

「啊～～我大概可以體會。」

「所以嘍，因為我媽媽原本姓土山，我才取了《小土》這種名字。另外，我也會用《阿山》當網名。」

「哦～～……感覺這樣的緣由就算拿來當話題也挺難聊開的耶。沒意思。」

「要你管！」

上原同學又無奈地嘆了氣。隨後……

「看來想把你們的戀愛喜劇當樂子，必須先幫你復健才行。」

「你說什麼？戀愛喜劇？復健？」

哪壺跟哪壺啊？我猛眨眼睛，上原同學就用頗認真的眼神對著我。

「仔細想想，連我要應付天道都嫌門檻太高了。在這種前提之下，憑現在的你……就算天道願意積極展開行動，失衡到這種程度的關係也肯定一下子就會玩完。你的能耐……實在太廢。」

「嗯，雖然我聽不懂你在講什麼，總之我明白的就是你想打架。上原同學，跟我到外面一下，我們來比瑪〇歐派對！」

「你跟人打架的方式有夠溫和！唉，雨野，冷靜點，你誤會了。我只是想告訴你……和天道相比，你真的連隻蝨子都不如。」

「嗯，和我感受到的語意完全沒差別！來比瑪——」

「咦？要不然你覺得自己和天道匹配嗎？」

「啊，對不起，和天道同學相比，我確實連跳蚤屎都不如。」

頭一個交到的朋友把殘酷事實擺到眼前，讓我徹底灰心。事已至此，上原同學才有些慌張地幫忙打圓場。

「呃，我並不是想害你沮喪啦。就像我剛才講的，我要幫你復健……換句話說，就是慢慢把你從落單狀態救起來。」

「咦！所以說，你終於要把我介紹給你的女朋友和朋友認識了嗎──」

「…………」

我真實地感受到上原同學超尷尬地把視線轉開了……

他清了清嗓繼續說：

「沒、沒有啦，實際上對你來說，那樣子門檻太高了吧。」

「哎，確實也是。」

其實剛才我說的有一半是玩笑話。我實在無法想像自己這樣能在上原同學的交友圈裡開開心心地講話。雖然我認為人際往來需要雙方面努力朝彼此靠攏，不過交朋友要是交到彼此都覺得費力又痛苦萬分，那還是不太對勁。

不過既然如此，上原同學到底想讓我做什麼呢？

在我完全想像不出來的時候……上原同學卻有些壞心眼地笑了笑，並且極輕鬆乾脆地對我提出了他的意見。

「雨野，你試著去找興趣是電玩、個性又文靜的——『女孩子』聊天吧！」

「…………」

出自現充的這個點子實在太恐怖，讓我不得不發抖兼頭暈。

＊

「好，雨野，目標就是A班的『星之守千秋』。她跟你好像屬於同類，是個喜歡電玩的落單型宅女。」

放學後。班會一結束，靠著獨自的現充情報網立刻就弄到女生情報的上原同學來到了我的座位。

我露骨地擺出反感的態度瞪他。

「早上我也說過了，我絕對不要，那樣做就跟搭訕一樣……」

可是上原同學也不服輸地板著臉朝我瞪了回來。

「喂喂喂，你在講什麼？任何人要交朋友，第一步都得跟徹底陌生的人講話啊。那樣多少會像搭訕吧。」

「話、話是沒錯啦……就、就算這樣，為什麼要找異性！」

「咦？那還用說，最終目標就是要讓你和天道——」

上原同學說到這裡就回神似的搔了搔頭。

「啊～～……不對，我想到了。畢竟在男生這邊，你已經認識那個叫三角的電玩伙伴了吧？和我也聊得起來啦。」

「是……是這樣沒錯。」

不過要斷言三角同學是「朋友」，老實講還有點距離。我們只是偶爾碰面會講話，關係並沒有熟到會特地互相聯絡。

但是上原同學對那種微妙的差異並不知情，又嚼起舌根遊說我。

「你想嘛，在RPG裡要是一直打同樣的敵人，得到的經驗值也會變少吧？兩者一樣啊。雨野，你要挑戰新敵人才能讓自己大幅成長。」

「我總覺得你那張跩臉如實表達的訊息是：『很好很好，我用RPG對喜歡電玩的雨野做了一番絕妙比喻。』讓人感覺超不爽耶。」

「你為什麼只有在自卑時才那麼敏銳！那是比認分當木頭的主角還要負面的特質耶！」

「反正我是路人角啊。我又不像你那麼有主角格，好棒棒。」

「煩耶！落單彆扭愛耍宅的死處男超煩！拜託，你再這樣廢下去，天道就——」

「？天道同學就怎樣？」

為什麼這時候會提到天道同學的名字，我忍不住偏頭。

於是上原同學臉上瞬間露出「糟糕」兩個字，然後轉開視線……

「……天、天道就會一直把你叫成『大蛞蝓』喔！」

「天道同學在背後都這樣叫我嗎！」

打擊好大！尤其是她沒有從嘍囉型怪物中挑最弱又可愛的「史萊姆」，卻特地選了「大蛞蝓」來叫，光這一點就可以感受到明確的惡意和輕視！

我驚愕歸驚愕，還是回應上原同學：

「那、那實在滿讓人沮喪耶……至少我希望她可以把我提升到『大老鼠』的等級……」

「對、對啊，就是說嘛。雖然我不太懂你的基準在哪裡……哎，坦白講是假的啦……」

「咦？你說什麼？」

「沒有，沒事啦。」

「我聽到你說是假的。」

「這時候就要當耳背型主角才對啦！你為什麼要聽見！這樣戀愛喜劇會演不下去啦！你

連拔旗都是有自覺地拔！你真的沒有當主角的格耶！明明你身上吸引事件發生的主角特質多到不行！」

「我、我為什麼會挨罵啊？」

難道說我聽錯什麼了嗎？應該也是，上原同學又沒有必要特地對我撒那種謊。再說，除了良心受苛責以外……也沒有其他理由會讓他立刻嘀咕自己講假話嘛。嗯，我應該反省。

我提振精神，然後認真地重新看向上原同學的眼睛。

「我、我明白了，上原同學。被講成『大蛞蝓』實在太慘了，所以我信任你，我要試著復健！我會去跟那個……呃，星之守同學聊看看！」

「好、好啊！雨野，你明白我的苦心了啊！那麼，事不宜遲——」

「嗯！上原同學，麻煩你幫我介紹那個女生……」

「——現在就去找那個叫星之守的女生講話吧，雨野！」

「……咦？」

上原同學不知為何把書包揹到肩上，然後對我舉起手……奇怪？這樣不就跟平常說再見一樣了嗎……？

「我跟亞玖璃在電玩中心玩，還是會祈禱你成功！拜啦！」

「…………咦？」

只見上原同學把愣著的我擱到一邊，然後就跟不知不覺已經來到教室外面、皮膚呈小麥色、疑似他女朋友……印象中好像叫亞玖璃（不知道為什麼總是遠遠地瞪著我走掉）的可愛女同學一起從教室匆匆離開了。

……換句話說……接下來，我要獨自去找陌生的女同學，然後跟她講話。而且，純粹是為了跟對方變得要好……嗯嗯，沒什麼嘛，這表示……

獨自留在座位上的我緊緊抓住書包，忍不住嘀咕：

「咦？一般來說，那不就是搭訕嗎……？」

…………

出自現充的那個點子實在太恐怖，讓我不得不發抖兼頭暈。

——外加噁心和頭痛，還有石化狀態也不得不添上去。

＊

「（糟糕，我的肚子開始作怪了。）」

來到走廊上的我走在往A班的路上，忍不住撫摸下腹部。彷彿肚子裡被人灌了鉛的悶痛感。可是這種痛大概用正露丸或胃藥都治不好吧。

「（我為什麼不惜如此也要挑戰搭訕……？）」

連我都無法理解為什麼兩條腿不是走向鞋櫃，還擅自往A班走。我並沒有特別下定決心，又著實覺得排斥，可是我的腿卻完全沒有要停下來的跡象。

即使如此，我邊走邊拚命思考理由，就想到了幾個可能的動機。

「（首先，上原同學的點子占了很大因素。他是我好不容易交到的朋友，而且他用了他的方式為我著想才會想出這個點子。另外……時機不巧的是，今天他玩了《NOBE》的遊戲覺得不合喜好，也讓我有內疚感……）」

明天他到學校時，肯定會在第一時間找我問結果吧。到時候，要是我回答：「結果我連挑戰都沒有挑戰。」以朋友而言就太沒用了。至少我希望能回答：「我去A班看過，可是對方和我錯開，先回家了。」

「（另外……天道同學的事也算在內……）」

那是第二個主要因素。

在我心裡，對於糟蹋她的好意這件事仍覺得愧疚。在這種情況下又碰到能透過電玩拓展人際關係的機會，我總覺得自己不可以逃避。還有，我並不是聽上原同學說什麼就信什麼，但我要是想再次和天道同學見面並道歉，關係卻差到被她叫成「大蛞蝓」就免談了。至少我得變得像樣點才可以。

最後還有一個因素，和前兩項相比，倒算是微不足道的想法……

「（單純想跟喜歡電玩的女生聊天，也是原因吧。）」

和上原同學相處過後，我重新體會到跟人聊電玩果然很開心。並沒有要切磋琢磨或交換高端情報……而是懶懶散散地聊彼此喜歡什麼樣的遊戲，哪種遊戲才有趣。那種「電玩漫談」的時光享受起來有多幸福啊。

猛一回神，肚子裡作怪的感覺已經好些了……嗯，這樣應該行得通。加油，雨野景太。我又不是去做壞事，要效法成功打進高中交際圈的上原同學，大大方方地找對方講話！

我一邊挺胸矯正駝背的姿勢一邊設法來到A班前，然後吞下口水。

教室的門因為放學的關係都開著，再多走一步就會踏進裡面同學視野內的距離……我剛剛想到，基本上這也是我頭一次正式到其他班級拜訪……腿開始在抖了。

「（不、不要緊！反正放學了，應該不會有那麼多同學在，我這種人和天道同學不一樣，就算進了教室也沒有人會注意！嗯！快去快回吧！）」

我下定決心用力踏出一步，從門口窺探教室裡的狀況。如我所料，裡面的同學零零星星，而且幾乎沒有人會特地注意我這邊。

鬆口氣的我捂了捂胸，重新朝裡面看了一圈，隨後——

「啊。」「啊。」

——我跟金髮碧眼的絕色美少女對上眼了。事已至此，我總算才想起這裡……二年A班也是天道同學的班級。

校園偶像待在教室中間的座位，被其他同學圍繞著。其他同學看了她訝異的表情，視線也都慢慢朝我聚集過來……糟糕了。

我和天道同學的事情大概多少也有傳到這個班級，教室裡稍微鼓譟了起來。我忍不住後退並藏起半邊身體。

於是乎，連平時形象凜然的天道同學都露出頗為動搖的表情。才看見她從我面前把視線轉開，下一刻卻不知為何急急忙忙地簡單整理了頭髮，還咳了一聲清嗓，然後擺出比平常更從容的臉色。

「（？呃……她那是什麼反應啊？）」

難道像上原同學說的，那是把我當成「大蛞蝓」才有的反應嗎？猛一看，儘管天道同學臉上露骨地表現出「我完全沒把雨野同學放在心上喔～～」並且繼續和旁人閒聊，卻還是不時用眼角餘光窺探我這邊的動靜。

「（怎、怎樣怎樣？她那種態度要怎麼解讀才對？）」

總、總之，可以確定的只有狀況感覺超尷尬這一點。天道同學本身就不提了，由於她表現出那種罕見的反應，神經開始緊繃的反而是周圍那些同學……我最近樹敵越來越多了耶。

我沮喪歸沮喪，還是動腦思索接下來該怎麼辦。

「（哎，反正我今天的目的不同……嗯，別去招惹偶像玉女就不會遭報應吧。）」

我迅速做出這樣的結論，然後再次踏進教室，環顧四周想找出星之守同學。可是，光靠「文靜又喜歡電玩的女生」這點情報當然找不到人。

儘管我心裡有點猶豫，還是毅然決然地找了距離最近的兩個女生講話。

「請、請問……」

「什、什麼事……？」

得到的反應緊繃過頭。我覺得有點灰心，但我告訴自己這並不是因為我噁心，而是受到注目的關係，然後鼓起勇氣看著對方的眼睛。

——可是，我還沒發問，另一個女同學就搶先問我了。

「難、難道說，你有事要找天道同學？」

「咦？」

她問的這句話讓教室裡的幾個女生微微發出尖叫聲。我偷看天道同學的狀況，她依舊擺著從容表情……眼睛卻比剛才更頻繁地不停瞥向我，還拋來似乎亂期待的視線。

雖然我猜不出天道同學的用意……還是急忙帶著苦笑揮揮手。為了不給天道同學添困擾，我用了重一點的口氣否認。

「啊，不是的不是的。我對天道同學沒任何興趣，也沒有任何事情要找她！」

瞬時間，從教室中間傳出「叩！」的重重一聲。我以為出了什麼事，結果居然是天道同學用額頭撞了桌子！咦，怎麼回事！

不只是我，當整間教室都為之動搖時，天道同學緩緩抬起頭，若無其事般笑咪咪地對周圍展露平時那副典雅的笑容……總覺得好恐怖。她、她怎麼了？難不成是身體不舒服嗎？

不過因為天道同學抬頭的關係，現場的氣氛有些好轉了。

和我講話的女生看準時機，像是想起了什麼又問：

「呃，原、原來你不是有事要找天道同學啊？我聽了傳聞還以為……」

我對她的質疑點點頭，並且努力擠出笑容回答：

「嗯。我今天是來找其他女生，不是要找天道同學。」

「叩！」

教室裡傳出了比剛才更猛的撞擊聲！只見天道同學的額頭稍微陷進桌面，甚至有疑似蒸

氣的煙冒出來！天、天道同學？

在場所有人都屏住了氣息。至於天道同學，她又緩緩地抬起那張已經變得像能樂面具的扭曲笑臉……然後向周圍同學說了聲「失陪一下」並離開座位……接著竟然就笑咪咪地朝我走來！

「（唔哇！為、為什麼！天道同學為什麼要來我這邊！上次鬧成那樣已經夠尷尬了！我都還沒擺脫「大蛞蝓」的稱號！）」

狀況完全出乎意料——簡直像原本想在記錄點附近練功卻突然進入魔王戰的狀況，讓我混亂到極點。

在A班同學集體關注下，天道同學來到我眼前，笑嘻嘻地將嘴角揚得更高然後開口：

「好久不見呢，雨野同學。」

「好、好、好久不見，天道同學……」

我緊張得整個人都僵硬了，冷汗莫名流個不停。對天道同學的畏懼意識和初次見面時相比，可說是有增無減。當時飄飄然的心情早被連根拔起，現在的我只剩負面黑暗的想像。我好怕。

彷彿違反校規被老師訓斥的我站得直挺挺。

天道同學則帶著笑容和餘裕……不知怎地卻也看似有些緊張的表情，問了這樣的我：

「所以呢，你來A班有什麼事情？剛、剛才我聽見你是來找女生耶……」

「啊，是的。我想找A班的女同學……」

「……這、這樣啊。」

「？是的。」

站著的天道同學一瞬間不知為何顯得有點頭暈……她果然身體不舒服嗎？

不過一轉眼像是恍然大悟的她臉色又變得開朗起來，然後就好像自己釐清了什麼似的亂興奮地向我確認：

「啊，對了，我知道了！雨野同學你這麼認真，肯定是有委員會的工作或其他公務才會來找我們班上的女生——」

「呃，不是，不是那樣的。」

似乎被誤解的我一慌，腦子裡的話也沒有經過整理就忍不住直接揭露目的。

「我是為了跟那個女生變得要好才提起勇氣來A班的！和天道同學無關！」

「…………（昏）」

「天、天道同學？」

天道同學臉上還帶著笑容，不知怎地就悄悄向後倒了。我急忙摟住天道同學的背把她扶穩，他們班就冒出了尖叫聲。不不不不不，現在不是冒出那種反應的時候吧！無論怎麼看，天道同學這模樣都是生病了嘛！而且她現在近距離看著我，感覺臉都紅了！何止如此，她的嘴巴還像尋求空氣的金魚一樣開開闔闔……

「！～～！唔～～！花、花……」

「花？」

天道同學好像想說什麼。我偏過頭豎起耳朵，於是她……

她就突然淚眼汪汪地大聲喊出來了！

「花心大蘿蔔～～～～～～～！」

「唔咦咦！」

天道同學把我推開，然後拔腿跑出教室……奇怪，怎麼回事？有點似曾相識的感覺耶。

這是什麼狀況？

「（話說回來……她剛才講了什麼？華盛頓路跑……什麼意思？）」

大概是因為天道同學距離太近又忽然哭著喊出來的關係，我聽不清楚她講了什麼。呃，其實我好像有聽到「花心大蘿蔔」幾個字，可是那絕對不是用來形容我的詞啊。唔～～……好介意她實際講了什麼。

話雖如此，即使我想問旁人卻好像從剛才就被大家厲眼相對，氣氛實在不容我多問……

難道說，他們以為我和天道同學是男女朋友在吵嘴？實際上明明只是天道同學身體狀況非常不好……受不了，同班同學在這種時候還不懂得關心，我覺得很不應該！

我對他們那種「不懂得體會別人心情的遲鈍主角型感性」感到有些憤怒，可是也多虧如此，我才能放鬆緊張的心情重新找女同學問：

「啊，所以我想找一個叫『星之守千秋』的人……請問她在嗎？」

女同學聽了我的問題，嘴巴都張得闔不起來，還講出莫名其妙的話：

「比、比、比起天道同學，你寧願要星之守嗎！」

「？咦？呃……對啊，我要找的不是天道同學，而是星之守同學。」

儘管我不知道為什麼會扯到天道同學，還是先這麼回答。

不知為何，教室裡又開始鼓譟了……怎麼了怎麼了？

女同學看似有些佩服地打量著我。

「你、你真的覺得星之守比較好嗎？即使看到天道同學那樣？」

「？呃，因為我有事要找的就只有星之守同學啊。」

我實在不太耐煩了耶。受不了，講什麼都要扯上天道同學，雖然我明白她受大家歡迎。

還有從剛才開始，我每次講話就會讓周圍提高尖叫的音量，這個班級是怎麼回事啊？你們應

該去擔心天道同學的身體啦！受不了！

就這樣，我一臉不悅地堅持自己眼裡目前只有星之守一個選擇。教室裡卻不知為何起鬨得越來越誇張……搞不懂耶。

女同學擺著一副宛如拿別人家感情事當消遣的大嬸臉孔，指了教室的角落……以F班來說，正好就是我的座位附近。

被催促的我望了過去，於是……

「（這……上、上原同學的情報網太強了……）」

我看見一個戴著耳機，視線落在掌機上面，看似完全不介意剛才教室裡發生過什麼互動，只是一臉幸福地笑著熱衷於電玩的——

——和某人極為類似，而且絲毫沒有亮眼之處的路人型女生坐在那裡。

＊

「（這簡直……像上次那一幕重演嘛。）」

有個受同學們矚目於一身的學生正朝著窩在教室角落偷玩電玩的學生直直走過去這樣的

畫面。

有一點不同的是，我屬於和天道同學比都不能比的膽小鬼。

「（天道同學她……總是待在這種視線之下……）」

事到如今，我才對這樣的事實感到佩服。前陣子的我光是和天道同學有一些接觸，就因為受到注目而差點神經衰弱……天道同學承受著比那更多的注目，身段卻還是大大方方。

「（……真的，越認識她就越覺得距離遙遠耶。而且，她那樣還能堅持自己喜歡的事情，根本是貨真價實的天上人…………那我至少也要擺脫「大蛞蝓」的稱號才可以。）」

最近我一想到天道同學，身體就會不可思議地提振精神。那並不是浮誇的崇拜，因為我明白她是值得打從心裡尊敬的人物……雖然我們同年級。

內心堅強起來的我不願輸給那些視線，就走到星之守同學前面。

她依然戴著耳機，視線都落在遊戲畫面上。

我則站在桌子前俯視這樣的景象。

…………

「…………咳、咳咳！」

「…………」

……糟糕，對方根本不肯注意我。這位同學的心思全放在遊戲上。

「（怎、怎麼辦呢？忽然碰異性肩膀……也不太好……）」

老實說，我非常不習慣主動找人講話。還不只這樣，我連用電話或郵件都很少主動跟別人聯繫……因為我不由得就會想：「這樣會不會造成困擾？」剛才藉著衝勁找女生問星之守同學已經是我的極限。

況且，講到這位星之守同學……

「（感覺她好像……全心全意泡在遊戲裡面，這樣很難搭話耶……）」

因為我自己也常玩遊戲才更能體會，沒有比認真投入世界觀時卻被外在因素硬拖回現實更掃興的事了。

只見星之守同學身子前傾，非常勉強地看著遊戲畫面。讓人聯想到海帶的捲捲長髮就蓋在掌機兩旁，把礙事的陽光隔離在外。

「（還有比這更徹底的一人世界嗎！好難搭話！）」

雖然我也會在教室裡玩遊戲，可是也沒到這種地步……希望如此。不對，要是讓上原同學來評論，他應該會說：「超像的。」

好啦，我也不忍心打斷這麼專注玩遊戲的星之守同學。要說我有什麼事，實際上也只能講講「讓我們做好朋友吧」之類的戲言。

我拉開星之守同學前面座位的椅子，然後把手肘放在椅背上側坐。其實我不太敢隨便坐別人的座位，不過位子的主人似乎已經回家了，只有現在例外。

我悄悄地探頭看向遊戲畫面。幸好正面沒有太多海帶長髮，視野良好。

「（咦，這不是上週剛出的《神盾Ⅷ》嗎？我剛好也在玩……）」

畫面上有2D風格的Q版男主角一面揮劍打倒敵人一面在原野上探索。所謂動作RPG就是指這類型的遊戲。

就怕劇情被破梗的我戰戰兢兢地確認了星之守同學玩的進度，看起來似乎比我慢一點。因此我鬆了口氣捂捂胸，又繼續看她玩下去。

「………♪」

靠近一看，她比我想像中還開心。從頭髮縫隙微微露出的嘴巴絲毫沒有防備，開心得處於半張狀態……其實也有點噁心就是了，不過對我來說真的有種遇見同志的感覺，總覺得非常高興。

「（該怎麼說呢……或許我滿喜歡看別人帶著笑容玩遊戲的模樣耶。）」

大概是看見星之守同學那張幸福表情的關係，我連緊張的心情都大幅緩和了。

我就這樣默默地對她玩遊戲的過程觀摩了一陣子。

主角在原野上闖蕩，打小兵，探索迷宮各個角落。

於是猛一回神，充滿夕色的教室在不知不覺中只剩我們兩個了。因為教室裡還看得見幾個書包，我想只是現在碰巧沒有人……

「（唔……假如要搭話，現在應該是最好的機會……吧……？）」

在沒有旁人視線的這種狀態下，搭訕的門檻就低了許多……等等，不對不對不對，這才不是搭訕！

可是我又頭痛了。為了不讓氣氛走歪，我必須謹慎決定攀談的方式。

總之，結論先暫緩，我又把視線放在她的遊戲畫面上。隨後……

「（啊，終於要打首領了嗎？好漫長耶。這個迷宮的難搞程度感覺實在不像近年出的遊戲，敵人強，記錄點又只設在入口附近。）」

遊戲要迎接壓軸場面，在我心裡要找星之守同學講話還有搭不搭訕的想法都被甩到一邊去了。

星之守同學緊張得嚥了口水。的確，要是現在輸掉，放學後玩的這段關卡就幾乎全泡湯了。何況以我來看，星之守同學練功並不太積極，慘到連對付迷宮裡的小兵都有些陷入苦戰。她的操縱技術也跟我類似，對遊戲熟悉歸熟悉，卻還不到巧妙的地步。

「（要問到能不能贏過那個首領，大概勢均力敵吧。我是練到比星之守同學高的等級才去挑戰的，所以比較輕鬆，即使如此還是有苦戰的場面。）」

首領的房間就在前面，星之守同學先停了下來。我也忍不住挺直背脊。

就這樣，差不多等了足足五秒以後……星之守同學終於踏入首領的房間了。誇張的警告訊息顯示完以後，巨大的岩石巨人就擋到主角跟前。

「（……咕嚕）」

我們倆在完全相同的時間點倒抽一口氣。

星之守同學和首領拉開距離，打算先看清攻擊模式。這在動作RPG對付第一次碰見的首領時算是固定套路，不過……

「唰！」

「！」

伴隨從耳機外洩的些微音效，洞窟的牆壁冒出了岩石長槍。這個首領讓人討厭的能力之一，只要靠近岩石做的牆壁或物體，它就會發動速度幾乎不可能閃避的長槍來攻擊。

「（這種攻擊，第一次玩絕對會中招。而且最初會以為是單純的陷阱，躲到另一塊牆腳以後往往又會被戳中。）」

當我這麼想的時候，星之守同學果真又被戳中了。她的行動模式跟我實在太像，讓我忍不住嘻嘻笑出來。

回想起來，星之守同學連之前的玩法都和我一致到驚人的程度。雖然我常看弟弟玩遊戲，也會看網路上的遊戲轉播，可是從來沒看過「和我的思考方式這麼相像」的人。實際上，這款遊戲的自由度挺高，選武器、配點和學招式都隨玩家決定，可是她就連分配方式也幾乎跟我一樣。

「（啊，還有，一開始沒想到長槍也會從其他物體冒出來，又會被戳中一次吧。）」

在我想到的同時，星之守同學果然就被戳中了。

「～～！」

星之守同學的臉色開始流露出焦急。剛才那招已經讓主角的體力剩一半左右，而且基本上這款遊戲在首領戰中沒什麼補血手段。道具不能用，只能靠魔法來補血，可是ＭＰ的消耗量格外多，唱誦時間也長。

正因為如此，練功讓攻擊力和ＨＰ最大值提升就非常重要。

「（糟糕，這樣要打贏或許有困難。）」

即使我等級練得比她高也是驚險打倒首領的。既然如此，遊戲技術＆風格幾乎和我一樣的她……勝算極低。

「（好，雖然她下定決心貼近首領開始猛攻了，可是那招傷害判定廣到不合理的重壓攻擊……哎呀，果然被壓了。）」

星之守同學犯下的失誤與我如出一轍。

她害怕今天的冒險時間全部白費，呼吸開始變得急促，操控遊戲卻還是細心而慎重，看過一次的攻擊都能輕鬆閃躲，同時還予以反擊。首領的ＨＰ被砍得越來越少，情勢逐漸逆轉，可是主角只剩再挨一擊就會結束的體力。

「（幾乎完全重現了和我一模一樣的局面！只是我玩的時候有練功，就算再挨一擊也能勉強打倒首領……不過換成她的話……）」

讓人捏一把汗就是在形容這種狀況。

我自己已經將大半個人都靠過去，幾乎快跟星之守同學把額頭貼在一起看畫面，然而她依舊專心得沒有發現我的樣子。

「（星之守同學面對看過一次的攻擊都能順利閃過……可是這個首領在體力減少後就會使出新的招式……）」

雖然那屬於看過一次就能輕鬆躲掉的攻擊，但在性質上就是「專宰第一次對招的玩家」……至少我就被打中了。

「（可惡，拚到這裡卻陣亡，誰受得了啊！）」

我大概是因為一起看遊戲進度的關係，投入的感情不是普通地多！

我朝星之守同學的表情瞄了一眼。雖然她看起來也有在享受這種緊張感，不過難免還是會覺得……

「（就是嘛，雖然說嚴苛的遊戲難度也是醍醐味之一……可以的話，玩家還是希望能盡量避免浪費掉大把的冒險時間。）」

何況以星之守同學的情況來說，大概是有什麼因素吧，眾目睽睽之下，她在教室裡的遊戲環境稱不上舒適。其實A班同學看待她的視線也讓人不太舒服。這種狀況下的冒險要是白費……未免太悲慘了。

終於，時刻到了。

岩石巨人高喊萬歲似的舉起雙手，開始蓄力。

「！」

完全沒看過的攻擊模式讓星之守同學錯愕。這也難怪，基本上看見這尊岩石巨人出招，就是揮右手往左閃，揮左手往右閃，照這個模式就能閃掉。

可是來到這一步卻碰到「雙手一起高舉」……儘管腦海裡一瞬間冒出好幾種閃躲方案，也無法確定哪一種才對，結果……

「（覺得拉開距離就不會出差錯的她開始後退了！我也是這樣！可是——）」

岩石巨人總算蓄力完成了。

星之守同學猶豫了一瞬間，還是將操縱桿用力往下扳，然後按下了緊急迴避鈕，朝後面墊步——

「往前躲！」

——而我忍不住趕在那之前喊了出來！

「！」

星之守同學頓時將操縱桿反過來往前扳，讓角色前滾翻，鑽到了岩石巨人的胯下！同時，巨人將雙手捶向地面，呈同心圓狀的衝擊波隨即往全方面擴散。

沒錯……除了巨人胯下的安全地帶以外，無一倖免。

「趁現在！用力打用力打用力打！」

「！～～！」

在我開口聲援下，星之守同學拚命連打按鈕，朝著剛放完大招而破綻百出的巨人猛攻！

就這樣，當巨人的停頓時間結束，準備採取下一波攻擊的瞬間——

「！」

——首領的體力終於磨完了。

經過片刻寂靜，岩石巨人聲勢浩大地炸開了。

就這樣，當顯示出過關訊息的瞬間……我們忍不住站了起來。

回神的我們四目相望，情不自禁地大叫：

「好耶——！」

我和星之守同學用右手互相擊掌。

現在重新一看，沒想到星之守同學使勁抬頭以後就是個長相稚氣的可愛女學生。不過等到海帶般的劉海翩然垂下，她立刻……又變回原本讓人捉摸不清的氣質了。

啊，感覺有點可惜。我原本還想把臉看得更清楚一點……等等。

「…………」

回神以後，我們倆正把手掌湊在一塊，望著彼此發愣。

耳機從她的左耳脫落，外漏的遊戲音效在安靜的教室裡沙沙作響。

星之守同學……用了跟蚊子叫一樣的細細聲音問：

「…………那、那個那個，請問……你是哪位？」

「啊～～……呃，這個……」

從她的觀點來想。

剛從埋首玩著的遊戲回到現實生活中，就發現不知不覺已經沒有人的教室裡有個徹徹底底沒見過的男生亂親暱地帶著笑容和自己把手掌湊在一起。

面對這早就無關搭不搭訕，就算對方報案也一點都不奇怪，實在逾越過頭的邂逅方式。

「……呃～……請聽我說……那個……我……呃……」

「…………」

我那漂亮地將她從危機中解救出來的電玩腦……現在卻提供不了半點堪用的攻略資訊。

＊

「…………」

我和星之守同學一起坐在冷清的公車站長椅上。被夕陽照著的背感到陣陣暖意。

後來，我設法表達了自己找上門的用意，她疑惑歸疑惑，還是有條件地答應在回家的公車開來之前陪我談。她會在學校留到那麼晚，似乎是因為回家的公車班次不多。

雖然因為這樣，狀況就變成我也陪她等公車就是了……

「（糟糕……在教室談過幾句以後，我就沒能和她好好講話……）」

走路時還好，一旦坐下來休息，沉默就變成一股重壓。話雖如此，劈頭就拿遊戲當話題也不太妥當。我決定先從無關緊要的事情聊起。

「公車……大約過幾分鐘才會來呢？」

星之守同學聽見我的問題，不知為何抖了一下，然後才有些口吃地回答：

「……呃，大大大約十、十五分鐘，以後……不過……要看發車的狀況……」

「原來如此，不只班次少，連抵達時間都不準，真辛苦耶。」

星之守同學默默點頭。

「…………」

…………嗯。感覺對話就這樣結束了。雖然說星之守同學話真的很少，講的句子也偏短，不過我身為負責帶話題的人，講話技巧根本也爛到令人絕望。我本來以為自己跟天道同學或上原同學講話以後多少有改善，看來是我想錯了。厲害的是他們兩個，我絲毫沒長進。

不管怎樣，反正先自我介紹吧。這麼想的我結結巴巴地開口：

「啊，對、對不起。現在才講好像太晚了，不、不過，我念F班，我叫雨野景太。」

「你是雨野……同學啊。」

「是、是的。呃，然後呢……那個……」

……我完全想不出好的開場白。這倒也是。「我想跟妳當好朋友」這種話哪說得出口啊！就算可以表達得婉轉一點，要是太低估我的社交技能之差可就傷腦筋了。

……經過百般糾葛，已經死心的我決定乖乖地把正題直接告訴對方。

「星之守同學……妳……喜歡……電玩……對不對？」

我們兩個同年級，其實應該放開來用平輩的口氣講話，不過我沒那個種。

星之守同學被我一問就點了個頭當作回答……被有如海帶的頭髮遮著的那雙眼睛好像正狐疑地望著我。

儘管這樣的視線讓我焦急，我還是絞盡腦汁想著該如何展開話題。

意外的是，這次星之守同學主動跟我講話了。

「請問……你、你也是電玩社的人，對不對？」

「咦？」

當我不知道該怎麼對這句意外過頭的話做反應時，星之守同學不知為何對我低下頭。

「對不起。無論你們來幾次……我、我都沒有打算加入電玩社………」

「咦？請、請、請等一下！」

「？」

星之守同學看了我著急的樣子，偏著頭表示不解。打算先解開誤會的我則拉高音量。

「我不是電玩社的人啦。呃，雖然他們有來邀過我……」

「？那麼，你跟兵部同學……或天道同學都沒有關係嗎？」

「？雖然我不認識妳說的兵部是誰……不過天道同學以前也有來邀我加入電玩社。呃，可是我和妳一樣回絕掉了……」

「………和、和我一樣……？」

星之守同學看似有些訝異地睜大眼睛。不過，要驚訝的反而是我。沒想到我們連這種部分都有共通點。

總之，我決定將彼此和電玩社的關係確認清楚。我先大略說明了自己跟天道同學之間的來龍去脈，星之守同學聽了以後就有些臉紅地彎身向前跟我說：

「我、我也是這樣！有個叫兵部的一年級女生來邀我……然後然後……我就去電玩社參觀了一次……可是可是，呃，該怎麼說呢……」

「啊，妳慢慢講沒關係。」

我笑著提醒她。星之守同學的舉動簡直就像我跟天道同學講話時一樣，讓我覺得莫名逗趣……唉，雖然我自己用高姿態看人會顯得很厚臉皮就是了。

星之守同學有些害羞地後退之後，又繼續跟我說：

「……我會拒絕，電玩社……理由在於……呃……」

星之守同學好像非常心急地想找話來表達。我靈機一動就主動問她：

「是不是因為……社團實際的活動內容感覺和妳心目中的『電玩』不太一樣？」

「！（點頭如搗蒜！）」

星之守同學聽完我的話，驚覺般點了好幾次頭。我對此感到高興，忍不住就起勁地繼續

講下去。

「電玩社確實很正派，不過對我們來說，好像太耀眼了……」

「！是、是啊是啊！雖然跟別人玩遊戲很高興，我自己也會和人比賽……可、可是可是，我完全沒有要爭第一名的想法……」

「我懂耶！不過，電玩社果然就是不折不扣的『社團活動』嘛。」

「（點頭如搗蒜！）所以說，對於來邀我的兵部同學……還有基於同班情誼又來找我談一次的天道同學，我覺得非常過意不去……可是可是……」

「嗯……既然我們把電玩當成依靠，在這方面就不太能讓步吧……」

「……是的……」

回神以後，我們之間的氣氛在不知不覺中已經稍微聊開了。看來我們的類似程度超出了上原同學的預料，屬於打從骨子裡相像的人種。

緊張感都化解了，我自然就把話題切換到正題。

「我啊，滿喜歡悠悠閒閒的遊戲。比如作業性質濃的手遊……」

「對、對啊，我了解。玩得悠哉也很重要，對不對！可是可是，就算這樣也不代表我只喜歡簡單的遊戲……」

「沒錯沒錯，嚴苛的遊戲也讓人喜歡啊。比如地城探索型遊戲……」

「呃，RTS還有海外那種打打殺殺的遊戲也一樣吸引人……對不對？」

「當然了！哎，雖然我的技術一點都不好。」

「嗯，我的技術也一樣完全不行。」

我們倆不自覺地彼此輕聲笑了出來。

「（沒想到有人能和我像這樣聊電玩……今天真是好日子。）」

我現在正細細體會著幸福。雖然第一次被天道同學搭話那一天也幸福得讓我飛起來；不過今天這樣，與當時又屬於性質不同的幸福極致。

猛一看，原本頭低低的星之守同學表情也變得開朗，還一臉興奮地望著我。

「星之守同學，想不到……呃，這樣講不太禮貌就是了，不過妳是個滿健談的人耶。」

「不會不會，哪有啊，沒那種事。不過不過，我只有跟親近的人在一起才會多話……糟糕，那也和我太像了。難怪講起話來這麼親切。還有不知道那是不是她的口頭禪，從偶爾冒出來的「那個那個」或「可是可是」這些反覆詞也能感受到她有多認真，莫名地安撫人心。我深深呼了一口氣並且開口：

「哎，感覺真的好安心。星之守同學，妳都不會讓我太意識到妳是異性——啊，這、這樣講也不禮貌吧。抱歉。」

我的話讓星之守同學露出苦笑。

「不會不會！我本身講話就是這種口氣，那是當然的了！那個……長久以來，我都沒辦法習慣女孩子的遣詞方式……連用『人家』自稱都會不好意思。不、不過不過，聽到你說這樣比較好，我覺得很高興。」

星之守同學害羞歸害羞，還是對我笑了出來……真是打動人心……

「（她居然會開心地陪我這種人講話……糟糕，我有點想哭了。）」

從高中入學以後……不對，某方面來說算是成就人生大願的這個狀況讓我不得不感動。

但在這一刻，我忽然注意到公車從馬路前面開過來了。

「啊，星之守同學，妳要搭的公車是不是那一輛？」

內心十分遺憾的我一問，星之守同學在確認過後臉色就顯得有些黯淡地回答：「啊，是的，就是那一輛……」

「（哎，沒辦法。反正下次還可以聊……）」

我這麼想著起身說：「那今天就先聊到這裡吧……」星之守同學也回答：「嗯……」在她起身的同時，公車就停進停車格，靠車頭的車門打開了。

要是一直盯著目送，星之守同學大概也會覺得尷尬，因此我背對公車朝學校的方向走。

「（啊，幸好有鼓起勇氣。她還願意陪我聊電玩嗎……）」

公車門關上的「噗咻」聲在背後響起。隨後，出發的公車從我旁邊經過。我看向車窗想找看看星之守同學在不在，不過她大概是坐在另一側，我看不見她的人影。

我從胸口感受到並非只出於天氣的暖意，並且獨自走在回校舍的路上。

——這時候，我聽見有人從背後快步趕來的動靜。奇怪了，剛才這附近明明沒有什麼人在走動。這麼想的我一轉頭，就發現……

「咦……奇、奇怪，星之守同學？」

「雨、雨野同學。」

朝我趕來的星之守同學害羞似的垂下視線，還忸忸怩怩地搓著把書包拿在前面的手，彷彿用全力擠出了勇氣對我開口：

「那、那個那個……開、開往我家方向的公車……班次，並不多……」

「嗯，我、我明白。咦？所、所以妳等的是剛才那班車……吧？」

搞不清楚狀況的混亂心情還有期待著什麼的心情交相參半，讓我胸口撲通撲通作響。

我默默等著星之守同學的下一句話，隔著長長劉海也能看見整張臉漲得有多紅的她……用喊的向我提議了：

「那個那個，在下一班公車開來以前，能不能請你陪我聊一個小時呢！」

儘管這句話還有星之守同學的可愛度讓我愣了半晌——

臉同樣變得紅通通的我還是急忙提起勁回答：

「我、我很樂意！」

感覺變得像是相約去喝酒了。雖然我沒去過酒館。

「………」

彼此的態度都生硬過頭，讓我忍不住微微笑出來。

總之，我們倆一起回到了校舍，確認過A班依然沒人在以後就重新在那裡閒聊起來。

我越聊越發現星之守同學的興趣喜好與我相像得嚇人，甚至讓我懷疑我們是不是一出生就被拆散的兄妹。哎，雖然有真正血緣關係的弟弟在興趣喜好方面都跟我截然不同就是了。

我問了以後，才發現星之守同學好像也有個資質出色的妹妹，我們連在這一點都相像到幾乎詭異的程度。

當中尤其是在電玩方面，從以前玩過的遊戲、對遊戲的態度乃至於遊玩風格都相符到可以說是一模一樣的地步。

等我們聊了五十分鐘以後就已經建立起連最初在緊張什麼都不懂的親暱關係了。

別說是上原同學，和她講起話來早就變得比弟弟還親近的我問道：

「對了，千秋。剛才妳在玩《神盾Ⅷ》，所以妳喜歡神盾系列嘍？」

我居然對女生直呼名字了，未免太不像我的作風。相對的，千秋她也一樣……

「當然啦！啊，對了對了，剛才真的讓你救了一命耶，景太。」

千秋也已經適應直呼我的名字，那一幕簡直就像即將結婚的恩愛情侶，不過合得來大概就會像這樣吧，嗯。

…………

……不對，冷靜一想，關係忽然走得這麼近也太奇怪了。然而，以往完全沒交到朋友的我們同病相憐。太過理想的聊天對象突然出現的現狀讓我們兩個的腦袋好像都大把大把地分泌著腦內啡，處於一種類似酩酊的狀態。

我們臉紅得就像喝了酒，在亢奮狀態下不停交談。

……某方面來說，這真的就像「夢一般的時光」吧。

我們根本把下一班公車的時間拋在腦後，一直親近地聊著。

「話說回來，千秋，神盾系列真的是傑作！」

「對啊對啊！我也好喜歡那套系列！當中最出色的果然就是……」

「嗯，不管怎麼說都是……」

我們望向彼此的臉，懷著在這方面八成也會意氣相投的期待，同時喊出了神盾系列的魅力──

「音樂對不對！」「角色對吧！」

…………咦？

「…………」

……我們倆愣著望向彼此的臉……奇怪了。剛才，我們的意見好像有了分歧……不、不對啦，哪有可能會這樣，嗯。

我擺出有些歪掉的微笑，先配合千秋的意見繼續說：

「沒、沒錯，那套系列的音樂也是棒到極點。」

「對、對啊對啊，就是說嘛。那套系列的魅力再怎麼說都在音樂方面！用音樂呈現出的美好幻想性！有那樣的音樂，才替作品構築了統一的世界觀！」

「完全沒錯。」

對此我毫無異議。神盾系列的音樂確實很棒。然而在此同時，其世界觀的根基還是必須由傑出的角色造型來支撐——

「唯一的缺點，就是摻了些許『萌』要素的角色造型吧。」

「啊？」

「啥？」

一瞬間，感覺時間似乎停止了。我勉強擠出微笑說：「不不不。」

「妳在說什麼啊，千秋？神盾系列就是靠在各處登場的迷人女主角撐起來的啊。」

千秋似乎無法理解我的發言，因而將頭偏到一邊。

「？又來了又來了，真會說笑。景太，你在講什麼嘛。女主角這方面不就是神盾系列唯一的缺點嗎？後期幾部更是向『萌』靠攏過頭了。『萌』就是搞砸遊戲的頭號要素吧？」

「啥？妳在講什麼？『萌』對所有媒體來說都是最棒的香料吧，稱其為要角也不為過。雖然比例要是抓得不對就麻煩了……」

千秋聽了我的發言，臉逐漸皺了起來。她拚命擠出笑容告訴我：

「等、等一下等一下，景太，麻煩你玩笑就開到這裡。『萌』對電玩來說，根本是有百害而無一益的要素嘛。」

我聽了她的話，也擺出扭曲的笑容回應：

「不，不不不，妳才該停止說笑吧？『萌』何止超越了男女，連非生物都涵括在內……它是蘊藏於萬物之中的耶，再怎麼硬派的作品都能找出的美好娛樂要素，那就是『萌』。」

「……啥？」

「……啊？」

…………

——我覺得教室裡的溫度好像突然提高了兩度。

＊

「你、你說你們大吵了一架？」

上原同學抓狂大喊，使得喧鬧聲瞬間從早上的二年F班消失。

儘管我介意周圍的目光，還是一面搔臉一面嘀咕回答：

「嗯……差不多……」

「為、為什麼會搞成那樣……？」

上原同學一屁股坐到我前面的位子，還威嚇似的把右手肘擺在桌上。

當同學們的視線總算開始散去時，從上原同學面前把視線轉開的我才看著外面回答：

「……可以說是價值觀的差異吧……」

「啥？喂喂，聽說星之守是喜歡電玩的落單女生吧。什麼狀況？難不成她屬於專門玩BL遊戲的腐女？」

「不，不是那樣……我們喜歡的遊戲幾乎完全一致……對電玩的喜好也雷同到互為分身的程度……」

「？呃，還是說，她意外地現充，或者個性特別讓人反感……是嗎？」

「不，也不是那樣……她的遭遇幾乎跟我相同，講話也像互為分身一樣合得來。老實說她的講話方式有點宅，但是那樣就不會讓我太介意她是異性，相處起來非常輕鬆，說真的比莫名高姿態的你更像我的朋友。」

「啥？」

「我最喜歡你了。」

我試著擺出和善笑容，然而這樣似乎也有這樣的噁心，嚴重壞了上原同學的心情。他板著臉孔問我：

「我完全聽不出頭緒。怎樣？那你們不就超合得來嗎？別說當朋友，她根本是你的真命天女了嘛。」

「嗯……話是這樣說沒錯。實際上，我們一開始非常談得來。」

看似實在無法理解的上原同學不禁歪頭，然後換了個切入點來問我。

「所以呢，你們到底怎麼鬧翻的？事情滿嚴重的吧？」

「呃……我們是因為……」

我又從上原同學面前轉開視線，為了把事情輕鬆帶過而小小聲地告訴他：

「…………因為看待『萌』的態度不同才大吵一架……」

「你白痴啊！」

我立刻被上原同學用大音量徹底否定了。他不管班上同學的注目，激動得逼到我面前。

「啥情形！你為什麼可以跟初次見面的女生為那種事爭到大吵特吵！」

「呃，怎麼說呢……這就是你和我之間對異性溝通能力的壓倒性差距吧。」

「我對你都冒出另一種意義的尊敬了！才短短一個小時，關係可以從初次見面變成超合得來的真命對象，再進展到翻臉不認人，我手腳才沒有你那麼快啦！」

「因為我就算玩美少女遊戲，也會在簡單的選項想太多而選錯。」

「我好像看出你為什麼交不到朋友的端倪了！」

上原同學激動完以後就徹底傻眼似的發出嘆息，並且趴到桌上。

「天道也好，星之守也好……為什麼你偏要跟理想中喜歡電玩的女生鬧翻……」

「就算對方是女生，我對關於電玩的事情就是絕對沒辦法讓步！」

「有夠沒用的男子氣概！讓耍宅的落單死處男扯上奇怪的自尊心就會變成這樣嗎！」

「……欸，上、上原同學。我剛才的『不讓步』宣言，感覺是不是有點帥？假如這是小說的劇情，應該可以當成空一行強調的名言——」

「我告訴你，你那種毛病真的噁心斃了！」

上原同學好像火氣十足地發飆了……奇怪，我最近還以為自己這種亂有信念的作風說不定可以當美德。看來是我自己徹底誤解了。做人真困難。

上原同學用失望透頂的眼神看著我。我決定要稍微反駁他一下。

「要、要說的話，我承認天道同學那件事完全錯在我身上。可是關於這一次……我覺得千秋和我的責任算一半一半。」

「你還直呼她的名字喔？你們在一天之內到底把關係搞得多深厚啊？……唉，先不提那些，既然你說你們大吵一架，就表示對方確實也有回嘴……」

「當然了。還有，我們吵架的內容大致說起來就是在爭辯電玩或其他媒體是否需要『萌』這個要素。我屬於大為贊同派；她屬於有百害而無一益派。」

「嗯，從你們可以用這種主題大吵一架來看，就可以知道你們超合得來。」

「別說了！跟那種人合得來會讓我想吐！」

「你們的關係是搞得多僵啦！根本像離婚夫妻嘛！」

我悶著扠手沉默下來以後，上原同學就深深嘆氣……然後用非常嫌麻煩的模樣看了我。

「哎，話雖如此……你們基本上還是合得來吧？既然這樣，你就主動低頭賠個不是然後和好啊。」

「哼，與其受那種恥辱，我切腹都還比較好！」

「武士的覺悟跟你這種咖完全不合啦，你就這麼排斥喔！……唉，我懂了我懂了。要不然今天放學以後，我陪你一起去，這樣總行了吧？有個人在中間當緩衝，你們講話也會冷靜一點吧？對不對？」

「…………倘若你執意如此，在下並不會拒人於千里之外是也。」

「嗯，現在我也變得想和你斷絕朋友關係了。想歸想，老實說我對跟你大吵一架的星之守感到超有興趣，放學後我陪你去。」

上原同學這麼說完就懶洋洋地一邊揉肩膀一邊回自己的座位去了。

「（……的確，有上原同學在中間緩衝，或許我們多少可以對彼此讓步……）」

畢竟我跟千秋也不是想吵架才吵的。如果能好好相處，那自然最好，嗯。

我一邊對放學後抱著淡淡的希望，一邊又玩起社群遊戲。

＊

從結論來說，完全沒救。

「啥！等一下，景太，你在說什麼啦！向『萌』過度靠攏的日本遊戲業界，還有追求遊戲性與故事性的海外遊戲業界！稍微想想就知道現在哪一邊占優勢了吧！笨、笨笨笨～～！真受不了，視野狹隘的矮冬瓜就是這樣……」

「等、等一下等一下，千秋小姐。不然我問妳，難道妳玩海外製的遊戲就從來沒想過：『只要這遊戲把女生畫得可愛點……』不，肯定有的吧？即使無關於戀不戀愛，『萌』還有『可愛』都是重要的要素啦！連這點道理都不能理解，心胸狹窄的海帶頭就是這樣……」

「什麼～～？」

「啊？」

「慢著慢著慢著慢～～著！」

上原同學介入了彼此互瞪的我和千秋之間。

惡言惡狀的我只好讓步，至於千秋……

「……好、好的，上原同學……」

臉紅的她靜靜退讓了……儘管個性怕生還有天生內向都有關係，但是她這種反應鐵定不只出於那些因素。照這樣看來……

「哦～～千秋，妳只迷帥哥不認『萌』啊。」

「你說什麼！那、那那那個和這個沒有關係吧！還有還有，我、我又沒有迷上……根、根本就不是……你說的那樣……」

千秋不停瞄著上原同學，而且眼睛一跟他對上就漲紅著臉低下頭。

我傻眼地嘆氣。

「（唉……畢竟在我們爭論的時候，上原同學說自己中立，可是基本上他都在幫千秋撐腰……也難怪啦。誰教他長得帥。）」

當我覺得沒趣時，上原同學就露出了明顯有倦色的臉幫忙勸解。

「為什麼你們動不動就要吵起來啊……還有你們都批評到彼此的外表上了，不是嗎？那樣不行喔。雖然雨野確實是個矮冬瓜處男。」

「喂。」

我瞪向一點也不中立的朋友。他則無視於我，親切地對千秋笑了。

「星之守，我滿喜歡妳那頭髮的耶。頭髮自然捲的女生不錯啊，有種用燙的絕對感受不到的韻味。怎麼會叫妳海帶頭嘛，受不了……」

上原同學這些話似乎說得挺認真，他還傻眼地瞪著我搔了搔頭……我、我也不覺得千秋的頭髮有那麼糟啊，只是被她一損就跟著損回去了……

千秋用崇拜的眼神痴痴地望著上原同學……她那模樣說起來活像前陣子我看天道同學的

眼神。

「（雖然我懂她的心情就是了……實際上，我也很欣賞上原同學。）」

該怎麼說呢，難道他有吸引御宅族的魅力？當事人八成一點也不會高興就是了。

目前我們正待在F班後面的座位，搬了三把椅子圍著一張桌子坐。不過，我和千秋當然隔了段距離，中間則有上原同學用手肘拄著桌子。

放學後的談話從開始算起已經過了四十分鐘。我們打從一開頭就油門全開繼續吵昨天的架。於是乎，縱使有上原同學介入其中，也只會讓我們對他的好感度上下變動，兩人之間的關係全無好轉跡象。

在問題徹底弄濘的狀況下，上原同學終於一臉不耐煩地嘀咕了。

「為什麼你們關係會那麼惡劣？說出來也許不好聽，可是由我來看，你們兩個根本是同類。其實就我這個絲毫聽不懂你們在吵什麼的人的觀點來看，甚至會覺得你們在某方面來說感情簡直超好的……………喂，別擺出那麼露骨的排斥臉色啦！」

看出我們表情的上原同學大叫。我又看了千秋。她從海帶的縫隙間瞪了回來……………

「別用視線互鬥啦！唉……你們真是夠了！」

上原同學猛搔起頭髮。我們朝彼此瞄來瞄去後，只好試著開始用吵架以外的口氣講話。

「…………《神盾Ⅷ》，妳玩到哪裡了？」

由我先開口。海帶頭……不對，千秋一邊轉開視線一邊回答：

「……那個那個……我、我到『精靈的隱密村落』那邊了……」

她的話讓我忍不住大感興趣地湊過去！

「啊，妳玩到那邊啦！那裡在系列中算是優美度首屈一指的村落地圖耶！」

千秋聽了我的話也一臉興奮地回答：

「對啊對啊！就是嘛就是嘛，那裡有夠棒的！精靈住的村莊有許多種呈現方式，不過當中能把氣氛營造得那麼夢幻又兼有知性氣息的村落地圖可不容易見到呢！」

「就是啊！不僅如此，畫面還讓玩家隱約感受到村子裡討厭人類的排他性要素，可以說呈現手法實在高竿。進一步助長氣氛的，則是那些美麗的——」

「不過不過，唯一讓人不得不表示遺憾的，就是那些讓人看了不愉快的萌系——」

此時，我們倆的聲音完美重疊了。

「精靈站姿圖！」

「…………」「…………」

空氣發出尖銳的磨擦聲響。儘管教室裡還有其他同學在，大概是眾人閒聊停頓的時間都碰在一起的關係，時鐘滴答、滴答的聲音在室內傳開。隨後——

「「啥？」」

「為什麼要吵那些啦！」

在我們兩個互瞪的同時，上原同學大聲吐槽了。

緊接著，不讓我和千秋有空繼續吵的他用力主張：

「你們的想法基本上有九成合得來，不是嗎！討論可以見好就收啊！為什麼剩下那一成不能互相讓步！」

對於他的主張……我和千秋都露出苦笑。

「上原同學，你不懂。我們……可是連現充電玩社的邀約都敢拒絕，只有自尊心培養得特別強的落單電玩咖喔。尤其談到遊戲的醍醐味，對這樣的我們來說——就是沒有『讓步』兩字！」

「景太說得對！好比值得珍愛的爛遊戲與值得唾棄的爛遊戲之間有言語無法解釋的明確差別那樣！落單電玩咖也有不能讓步的底線！」

「你們未免太麻煩了吧！」

當上原同學終於露出傻眼至極的臉色對狀況差不多已經死心時，我和千秋就趁著他不插嘴制止，盡情地吵個痛快。

回神以後，把他晾在一邊的我們又耗掉了約二十分鐘。

儘管我們目前還在吵，當我發現上原同學的女朋友……亞玖璃同學從走廊往教室探頭，我才頓時轉念。

「（啊，他說過自己跟女朋友約好了，所以只能陪我們到五點嘛。）」

我想起上原同學說的話就中止口角。當千秋還偏著頭感到疑惑，上原同學忽然看了智慧型手機嘀咕：「糟糕。」我還來不及告訴他亞玖璃同學已經來了，他就急著開始收拾東西。

「抱歉，今天先告一段落好嗎？呃，你們兩個要繼續也是可以啦——」

「「才不要。」」

「我想也是。我約好五點跟人在校舍門口碰面了。」

咦？約在校舍門口？亞玖璃同學已經來接你了耶……啊，從你那邊看不到她吧。

我想提出忠告，心急的上原同學卻遲遲不肯把回合讓給我。

他收拾完畢以後，最後又看了千秋那邊。臉紅的千秋挺直了背脊。

「（……啊。對了，先講清楚上原同學有女朋友會不會比較好？）」

呃，不過忽然那樣介紹也怪怪的……對吧？顧慮太多反而讓人不舒服……可是這種事情還是早點講比較好……不對，我沒必要操心吧，嗯。

我忘記要提亞玖璃同學的事，只顧著想東想西，結果上原同學就對千秋笑了。

「拜啦，星之守。抱歉，今天為了莫名其妙的事情把妳找過來。」

「不、不會不會，完全……沒那回事……」

千秋害羞得垂下視線——就在此時，觀望著狀況的亞玖璃同學臉色顯然變了……啊。

「（上原同學提到自己把千秋找來……臉紅的千秋又明顯對他有好感……）」

當我心裡開始變得有些不安時，上原同學又帶著爽朗微笑繼續說：

「不過，我覺得滿開心的喔。再說聽妳聊電玩非常有意思。」

「啊哇哇，呃……呃……謝謝你……」

千秋嬌羞地回話。亞玖璃同學明顯受到刺激，整個人都抖起來了。呃，等一下，這、這個狀況……

我想把狀況告訴上原同學，可是人生中頭一次遇到吃醋現場讓我慌得嘴巴不靈光。

當我還在磨菇時——上原同學就帶著他頂極的型男微笑，拋出了決定性的一句話。

「啊，對了對了。還有，星之守，妳現在的髮型也不錯，不過照妳的髮質來看，其實我覺得再剪短一點會更適合妳喔。畢竟——妳本身就已經比別人可愛啦！」

砰！

我看見帶著許多種意義的子彈像散彈槍一樣朝各個方向炸開了。

其中一顆，是射穿千秋心房的戀愛子彈。

另一顆，則是讓我的「心慌感」加劇的恐懼子彈。

還有一顆則是……

「…………」

「（啊！亞玖璃同學搖搖晃的不知道要走去哪裡了——！）」

還有一顆，則是在亞玖璃同學胸口開了洞的重量級傷心子彈！

我立刻看了上原同學的臉。他的笑容實在爽朗，是感覺不到絲毫非分之想的極致笑容。那當然了。實際上，他就是沒有歪念頭。

「（這跟上原同學給我建議時的調調一樣！成功打進高中交際圈的他用了自己的方式，誠心誠意地為和我屬於同類的千秋打氣！）」

不過正因為沒有邪念，那張笑容的威力根本強到爆錶！足以讓千秋徹底墜入愛河。假如……假如看在他最近正為了相處上似乎有隔閡而傷腦筋的女朋友……亞玖璃同學眼裡，更足以一槍斃命！

「還有雨野，明天見。拜啦～」

上原同學說完就瀟灑地準備離開……糟糕，要是直接讓他走，馬上就會和處於傷心狀態的亞玖璃同學碰個正著，搞不好會鬧得一發不可收拾……！

「那、那個！」

等我回神時已經大聲開口並站了起來……還一邊拎著自己的書包一邊喊出不該說的話：

「亞、亞玖璃同學說，今天還是別見面了！」

「……啥？」「？」

上原同學和千秋都歪頭表示不解。上原同學則問我：

「……呃，雨野，為什麼是由你來轉達……？」

糟糕。我根本沒想清楚。可是……可是就這樣讓他們兩個見面絕對會出問題！雖然我對戀愛完全不懂，不過我好歹也曉得這一點！最重要的是……我覺得這場誤會有七成責任在我身上！

我一不做二不休地鼓起勇氣……對上原同學扯謊。

「她、她今天好像，有事情，想要找我商量！」

「！」

上原同學愣住了。糟糕，我的謊話未免說得太離譜了。這樣不妙。

我認為再說下去會露出馬腳，就急急忙忙地跑掉了。

「拜、拜啦！要是你們兩個樂意，可以繼續聊！」

「啊，喂！」「咦，等一下等一下……」

在我背後的兩人顯然都一頭霧水。那是當然了。因為連我都覺得莫名其妙！

「（總、總總之先找亞玖璃同學！我得追上她才行！）」

我急著在走廊上亂跑，卻始終看不見亞玖璃同學的背影。糟糕，我也不曉得她的聯絡方式。要是她先跟上原同學接觸，還要求分手，到時候……唔哇！我對自己在高中交到的第一個寶貴朋友做了什麼啊啊啊！

焦急的我跑過走廊，驀然間，我發現了遠遠望去也一樣醒目的金髮美少女。

她也有注意到我，不知怎地還顯露出動搖的模樣……我考慮過事情輕重以後就鼓起勇氣找她講話了。

「天道同學！」

「雨、雨野同學。上次……呃……大概是我誤會了……」

難得看到她吞吞吐吐的樣子，不過我現在沒空在意那些！

我心急地問對方：

「天道同學！剛才有沒有女生和妳錯身而過！她的外表……怎麼說呢，打扮得非常像辣妹，不過那樣看起來滿適合她，感覺也挺可愛……」

「咦？啊，有啊。如果你是說外表像那樣，還顯得有點沒精神的女生，她剛剛才往校舍門口那裡走……」

「！謝謝！」

我道謝以後拔腿就跑。但是，摸不清狀況的天道同學從背後大聲地問了我一句：

「雨、雨野同學！你為什麼在追那個女學生呢！」

何苦問我呢？這好難跟別人解釋。再說我現在根本沒空。

我一邊跑一邊回過頭，決定只把重點告訴她。

「簡單說就是感情糾葛啦！」

「！」

……呃，我有把意思表達好嗎？天道同學好像目瞪口呆地讓書包掉到地上了耶……算了，反正現在沒空解釋。我猜天道同學也只是出於禮貌才關心我這麼急的理由，其實她對我放學後的活動應該沒多大興趣才對，嗯。

我直接用全力不停地跑。就這樣，等我趕到校舍門口前才終於……

「亞玖璃同學！」

「？」

我趕上準備換鞋子回家，看起來並沒有打算等上原同學的她了。

亞玖璃同學瞪著氣喘吁吁地走到她旁邊的我，並且嘀咕：

「啊，對祐有意思的噁心宅男……」

「原來我都被這樣看待嗎！」

難怪她老是遠遠地瞪我！

我呆掉以後，亞玖璃同學就一副疑惑的樣子望著我……唔，糟糕，現在人追到了，我卻不知道該從何開口。那方面的事情要按部就班才能解釋清楚，可是她或許會以為我只是對哥兒們情義相挺才幫忙講話……嗯……照這樣看來……

我下定決心，看著亞玖璃同學……那意外清純的臉，然後告訴她：

「要、要要不要，和我去、去喝喝喝、喝杯茶呢？」

「————啥？」

……這陣子，我總覺得自己一直在跟女生搭訕。

上原祐

「呼啊……」

我忍住今天已經不知冒出第幾次的呵欠。平時在這段路都是走路或騎腳踏車的我難得搭了公車，車上沒有熟面孔，座位也空著一大堆。我沉沉地躺到椅背上，輕輕閉眼嘆了口氣。

我覺得自己最近常常睡眠不足，導致身體狀況糟透了。假如有需要久站的全校集會，狀況就挺危險的。這全是因為……

「（都是雨野害的……）」

我心裡正對那傢伙湧上陣陣與之前似像非像的負面情緒。根本來說，壞就壞在那傢伙推薦的遊戲全都很有趣……不對，我要做個更正。壞就壞在除了《ＮＯＢＥ》製作的遊戲以外，雨野推薦的東西全都很有趣。其實我屬於在娛樂方面滿有自制力的類型，即使如此，ＲＰＧ要是玩到接近結尾，我就會忍不住熬夜一次跑完。

只是，今天的睡眠不足狀況有些不同。原因並非雨野推薦的遊戲，問題就出在雨野本人身上……換句話說……

「（昨天放學以後，雨野和亞玖璃兩個人到底做了什麼啊啊啊啊啊！）」

我忍不住捧著頭，再度埋首於已經不知道重覆幾次的考察。

「（基本上，雨野和亞玖璃並沒有交集吧！不對，還是他們在背地裡認識了？）」

亞玖璃原本好像是個樸素的女生，而且雨野在國中時期好像也有朋友……啊，他們滿有可能認識嘛。不過，那兩個人的母校是同一所國中嗎？

「（不、不過要是那樣，一般都會攤開來明說吧。既然他們沒有提，那就表示互不認識……不對，反過來想，難道他們的關係深到無法隨便啟齒嗎！）」

連ＧＯ○ＧＬＥ老師都舉手投降的難題讓我的心情深陷於其中。雖然我知道想了也不會有答案，可是正因為如此，我才無法不去想。

最輕鬆的方式是找其中一邊直接問……可是那其實很恐怖。

之所以如此，是因為我昨天很快就跟星之守分開了，為了打發空下來的放學時間，我離開學校後便在街上閒晃……

結果，我就在那時候看見了。

我看見雨野和亞玖璃——在咖啡廳有說有笑的模樣！

「（有說有笑的人可是我認識的雨野還有我認識的亞玖璃耶！這不對吧！太奇怪了吧！光是發生雨野跟女人結伴進咖啡廳這種事，就已經相當於天變地動的前兆了耶！偏偏陪他的人是亞玖璃……）」

坦白講，我真的懷疑世界會不會在今天毀滅。對我來說，那一幕就是這麼豈有此理……同時也不禁讓我臆測。

還有平常就算我沒問，亞玖璃也會拚命用簡訊或L○NE跟我報告日常生活。可是她不只昨天發來的內容特別少，還徹底隱瞞了雨野的事情。

如此一來，我也不方便特地跟亞玖璃問清楚……結果這件事從昨天晚上就一直在我腦袋裡轉來轉去。

上學路上的行道樹正從車窗外掠過。就快到學校了。打算在見同學之前先恢復冷靜的我告訴自己：

「（不、不要緊。雨野和亞玖璃絕對不可能亂搞的啦。就算他們兩個有聯繫，也是以我為中心。反正……我看大概是亂敏銳的雨野花了一些多餘的心思才會去跟亞玖璃接觸。再說那傢伙昨天也怪怪的……）」

沒錯沒錯，多合理的推理。這肯定就是實情……………………

「（不、不對，等一下喔。前陣子，我不是覺得雨野和亞玖璃在骨子裡有類似的地方嗎？難不成他們兩個……一拍即合？……哈、哈哈，怎麼會嘛。我認識的亞玖璃那麼輕浮，哪會對雨野有興趣……）」

想到這裡，有股電流隨即從我的背脊竄過。

「（慢著……亞玖璃喜歡上的，是以前的我吧？以前的我……換句話說，就是會開心地玩電玩遊戲又土裡土氣的我……當時的我跟雨野還滿像的啊！）」

猛一回神，公車已經停到高中前的停車格了。我像幽靈一樣飄呀飄地走下車，然後前往校舍。

……………不、不會不會不會，怎麼可能嘛……………

「咦，奇怪了？祐？」

「！」

耳熟的聲音突然從背後傳來，被嚇到的我反應誇張地回頭。

在我眼前的，是表情顯得有些吃驚的亞玖璃本人。

當我還做不出反應時，她就趕到我身邊還一臉開心地露出微笑。

「哇～～好難得喔，居然可以在早上遇到祐！」

「就、就就、就是說啊。早、早早早安，亞玖璃。」

「嗯，早安～～祐。呵呵呵～～」

亞玖璃說著與我並肩一起走。我想裝得和「平常」一樣自然地走路……關節卻亂不靈光。我、我平常是怎麼走路來著？

由於亞玖璃變得有些狐疑，我連忙丟了話題。

「對、對了，亞玖璃，妳昨天在做什麼？」

「咦？」

「（啊……）」

我不經思考就把話題丟出去了，可是猛一想那根本就是地雷。大錯特錯的選擇！我又不是雨野！

當我開始狂冒冷汗時，亞玖璃……亞玖璃她也露出有些動搖的模樣，悄悄將視線轉開。

「呃，那個……昨、昨天我突然想跟朋友一起去喝茶，對、對不起喔，祐。」

「啊，對、對喔。妳在簡訊裡也是這麼寫的嘛……」

「是、是啊……」

「…………」

她這是什麼微妙的反應！我內心的猜疑開始陣陣冒出來了！實際上，昨天雨野自己講過要跟亞玖璃見面，可是不知道他們兩個在背後有沒有做過類似串供的準備。亞玖璃始終只對我說「她是跟朋友去喝茶」，卻堅決不肯講明對方是雨野……怎麼搞的，我心裡好糾結！

「（怎、怎怎、怎麼一回事！果真……果真是我想的那樣嗎！）」

在我心裡，「亞玖璃目前對雨野稍微有點意思」的論調正急速成形。

呃，雨野講起話來確實是個滿不錯的人……長相也不差……我猜他對女生會相當專情……連鼎鼎大名的天道都會迷上他，是個意外有男子氣概的傢伙……慢著。

「（奇怪！雨野的條件居然這麼好嗎！難道他很吃得開？不……沒那回事吧？）」

我已經搞不懂什麼跟什麼了。

我們抵達校舍門口以後，彼此都把鞋子換成了室內鞋，然後又會合一起朝二年級的教室走。就這樣經過短暫沉默，這次不知為何變成亞玖璃露出了罕見的緊張模樣對我開口：

「祐，你、你昨天，放學以後……在做什麼呢？」

「咦？我、我嗎？」

問題來得意外，我心裡動搖歸動搖，還是想了想昨天的狀況，然後據實以告：

「呃……我是跟星之守還有雨野聊天……啊，後來雨野先走了……」

「嗯。然、然後呢……」

「然後……啊，對了對了，我想妳應該不認識，剛才我講的星之守是A班的女生。」

「是、是喔…………怎、怎樣的女生？」

亞玖璃不知怎地對星之守有興趣……？要聊天道或雨野的事倒還可以理解……難道她想聽完全沒交集的星之守的事嗎？真奇怪。

「怎樣的女生啊……呃，乍看有陰沉感，土裡土氣的，還散發出沒朋友的氣場……」

「哦、哦……是喔……」

不知為何，亞玖璃把頭髮一撥，表情變得有點跩……？

「啊，可是實際講話以後就知道她人很好，聊電玩時超有趣的。對了對了，還有她算典

型的隱藏版正妹，在打扮方面吃大虧的那一型。」

「……這、這樣喔～～……啊哈……哈……」

亞玖璃又不知怎地變得垂頭喪氣了。她在嫉妒嗎？呃，不會吧。畢竟她還會說我跟天道看起來登對，實際上是個戀愛觀亂輕浮的女生耶。就算我是她的男朋友，她也不至於那麼執著吧……

「？咦？祐，你是不是在沮喪什麼？」

「不……並沒有。」

我轉開視線。糟糕……露餡了。沒被女朋友管就覺得落寞，我太娘娘腔了吧！可是，我又沒辦法，總覺得……亞玖璃最近特別可愛啊。

「…………」

我們倆的對話中斷了……和亞玖璃相處半年來，這種狀況幾乎是頭一次發生。

莫非……這就是……

「（分、分手的前兆已經出現了嗎！）」

我的內心正狂冒冷汗。我常聽人提到這種狀況。男女朋友間對彼此並沒有什麼討厭的地方，關係卻有疙瘩在，然後就演變成分手的套路。這就是那種情況嗎？和倦怠期類似？

我懷著無比緊繃的心情來到二年級教室比鄰成排的走廊。

——就在下個瞬間，我突然被陌生的女同學搭話了。

「那……那個那個，上原同學！」

「咦？」

來到我和亞玖璃前面的那名女同學是個稍微令人眼睛發亮的美少女。

稚氣臉孔，還有出色的身材，垮垮的制服邋遢得絕妙而有型，氣質兼具慵懶及嫵媚，帶捲度的頭髮更是迷人——等等。

「咦，妳該不會是………星、星之守？」

「（點頭如搗蒜！）是、是的。」

健康陽光的美少女和氣地露出了微笑……喂、喂喂喂。

「（我、我確實說過頭髮剪短會比較合適，後來也或多或少建議她不用把制服穿得太整齊……但我實在沒想到會突飛猛進到這種地步……）」

老實說，我相當困擾地搔了搔臉。實際上，周圍的同學不分男女都相當注意這邊。而且在新鮮感的助長下，矚目程度可比天道那個等級。猛一看，亞玖璃在旁邊也目瞪口呆了。

星之守似乎對我的視線感到害羞，默默地低著頭……啊，外表固然吸睛，不過內在果然還是保有星之守的本色。

「呃呃……對、對不起。」

「咦？妳在道什麼歉？」

「那個那個，像這樣換造型，再怎麼說都顯得太不經思考……看了會有點反感，對不對？我一下子就把昨天的建議全部照做了……不、不過不過，我就是想努力試看看……」

「這、這樣啊……」

嗯，內在完全就是星之守。給自己的絕對評價太低，和雨野同類型。受不了，這兩個人明明遭遇和內在都相像，為什麼就不能變得要好呢？只要對萌的主張可以讓步，他們根本就是彼此的真命對象——慢著。

「（要是雨野和星之守就這樣順利在一起……）」

亞玖璃的心不就會回到我身上嗎？想到這裡，我又猛搖頭。我在講什麼鬼話？太差勁了啦。問題不在那裡吧？真是的，那天道怎麼辦？看她那樣，我也希望她能和雨野在一起……呃，不對不對，我為什麼要替雨野煩惱該選哪個女主角！再說事情也不盡然就是這樣吧！真的連我都搞不懂自己了。不知道是不是睡眠不足導致身體有些感冒的症狀，我一激動就會讓整張臉熱起來。受不了……

——這時候，我一回神才發現亞玖璃不知怎地朝我的臉瞥了一眼，然後就帶著放空的表情恍恍惚惚地匆匆走去自己的班級了……奇怪了。

我想叫住亞玖璃，星之守卻好像沒看出我和亞玖璃認識，又繼續找我講話。

「呃呃……上原同學。我的造型換成這樣……沒、沒問題嗎？那個那個，班上同學們就不用說了，連我的父母和妹妹的反應都像是在問：『妳、妳哪位？』……」

結果星之守似乎判斷不出那些反應算好還是壞。廢話，那還用說。受不了，講到這些傢伙有多沒自信……

「呃，沒什麼問不問題啦，非常適合妳喔，星之守。尤其是頭髮，完全剪對了。雨野也不會再叫妳海帶頭啦。」

「是、是嗎？嘻嘻……謝、謝謝你！」

看似稍微建立起自信的星之守開心地露出羞澀的樣子……看來她會紅喔。

──在我們講東講西以後，雨野就從星之守後面一步步走來上學了。我隔著星之守對雨野舉手，於是他也遠遠地打招呼：「早安，上原同學～」……可是，他停都沒停下腳步就往F班走。

而且雨野在經過我們旁邊時，還帶著嘲弄般的笑聲對星之守低聲說了一句：

「乾燥海帶。」

「什麼──！」

趁著星之守發火，雨野就匆匆跑進教室了。那、那傢伙到底多討厭星之守啊！

星之守也想回嘴說些什麼，可是要在一大早走進F班……走進別人班級似乎讓她猶豫，只能不甘心地跺腳。

「他那樣算、算算算什麼嘛！上原同學，你為什麼會跟景太當朋友！」

「咦？……為什麼當朋友……因、因為他會借我遊戲玩？」

「沒想到你們的朋友關係那麼表面！」

星之守就這樣對我講了一陣子對雨野的怨言，不過在鐘聲響起後，她就對我行了禮，然後急急忙忙趕回A班了。

我也走進教室，一邊坐到自己的座位一邊茫然思考。

「（可是……星之守都沒有注意到嗎？雨野那傢伙明明只有看見她的背影卻一樣可以認出她就是星之守，然後才過來嗆人。）」

即使換了新造型的星之守甚至連家人都認不出來，雨野對她的態度卻依然故我，真不愧是雨野——我一邊想一邊也抱著這種奇怪的敬意。

結果，我的腦袋立刻又被亞玖璃和雨野的關聯性占滿了。

＊

「妳、妳說妳在製作遊戲？」

「是是是、是的。」

星之守害羞似的低著頭，坐在學校附近的公園長椅上，還用吸管喝紅茶口味的豆漿。

我則在旁邊望著她，心裡思索著：咦，我現在是在做什麼？

星之守換造型事變發生後已經過了一週。我赫然發現自己目前的定位活像她的顧問。

呃，起初我只是當成外型大改造之後的善後服務，頂多陪星之守討論怎樣的時尚飾品適合她的造型。可是商量的內容逐漸就變成她內心的煩惱，還有對雨野的牢騷了（這大概本來就有）。

另外，最近亞玖璃都不太陪我，放學後的行程突然空了下來，我才落得老是在陪為了等公車而閒得發慌的星之守商量事情的狀態。

一個星期就這樣東晃西晃地過去了，直到今天。

星之守表露自己有製作遊戲的嗜好，商量的內容終於超出了我應該顧及的範圍。

「所以說，那個那個，我也希望向上原同學請教製作遊戲的建議……」

「啊～～…………」

呃，我是很高興被人仰賴啦，不過找我討論那些實在怪怪的吧？我把兩百毫升的罐裝三箭牌蘇打喝完以後，就把罐子用力擱到旁邊並且開口：

「我、我跟妳說，星之守。」

「是的是的，什麼事？上原同學！」

星之守眼睛發亮地仰望我……糟糕，這傢伙好像在不知不覺間跟我變得超親近耶。

我稍微後退告訴她：

「要商量跟電玩有關的事情，妳應該也有注意到自己身邊有人比我更適任——」

「……呸！」

「妳排斥到要用那種不合形象的臭臉吐口水嗎！」

呃，實際上星之守並沒有真的吐出口，不過她排斥的心情已經充分傳達給我了。

我忍不住嘆氣。

「我說啊，你們兩個絕對可以處得更好才對吧？幹嘛那麼固執？」

星之守聽了我的疑問就一面壓扁豆漿包裝一面回答：

「這才不是固執，而是無法讓步的主張和自尊心的問題。」

「嗯，可是那樣就叫作固執。」

「我、我我我根本就不在乎景太。我對他什麼感覺都沒有，更不想和他扯上關係。我甚至希望他乾脆轉學到異世界算了。」

「那樣的發展似乎會讓當事人很開心。」

「不過不過，上原同學……你知不知道，他、他目前《神盾Ⅷ》玩到什麼地方了？我、我只是好奇啦……」

「妳超在意他的嘛！」

「我我我才不在意他！我只是想比他先破關，然後網羅稀有的武器防具和其他耐玩要素，再一臉得意地向他炫耀！」

「所以啦，妳根本超介意他吧！星之守，妳本來並不會跟別人比破關速度吧！」

我一追問，星之守大概是覺得理虧，就從口袋裡拿了手機，還裝出好像有簡訊通知那樣匆匆操作起來……基本上，妳應該和雨野一樣都沒有交過會傳簡訊給自己的朋友吧……

我稍微探頭，就發現星之守果然是在玩社群手遊……咦，等等？奇怪了，這款遊戲……

「雨野也有在玩……」

「什麼～～？」

「啊，沒有，沒什麼事。」

星之守擺出超反感的眼色轉頭過來，因此我連忙裝傻。當她又開始操作遊戲時，我就偷偷觀察……於是乎——

「（啊，果然是雨野在玩的那款遊戲。受不了，你們到底多合得來啊……）」

看了都覺得簡直合到乾脆去結婚的程度。他們倆的價值觀這麼合，為何非要為了「萌」這種在我看來蠢到不行的爭議點而決裂啊？神明真無情……不對，是這兩個人太蠢。

當我茫然看著星之守玩遊戲的狀況時，忽然發現她也收到了雨野之前提過的求援訊息。對方的名字……看起來是個叫《小土》的傢伙……………唤？我以前好像在哪裡看過那個玩家的名稱……

我一邊覺得腦袋裡好像卡到了什麼一邊繼續看星之守玩遊戲。她似乎答應救援了。在允諾畫面中也可以看見星之守的玩家名稱。

「（她叫《ＭＯＮＯ》啊……哦～……《ＭＯＮＯ》是吧。《ＭＯＮＯ》……？）」

「哇哇！咦！上、上原同學？」

我忍不住從星之守背後抓住她的肩膀，她就紅著臉慌慌張張地轉過來。我放開手並說：

「抱、抱歉。」然而我還是忍不住急著問她：

「星、星之守。妳……那個遊戲……是用……《ＭＯＮＯ》這名、名稱……在玩嗎？」

「咦？啊，是的，沒有錯……」

「然後……呃……剛才向妳求援的那個《小土》……是滿久以前就跟妳認識的玩家？」

「啊，是的是的。呃，基本上這種遊戲的交流都淺薄得只限於遊戲裡面，不過呢，這個人總是在絕佳的時機幫我忙，非常夠義氣喔。對於我這種在現實生活中沒朋友的人……他算少數極為理解我的人之一吧……啊，那個那個，或許你會覺得明明沒講過什麼話……我怎麼還把他形容得這麼誇張……」

「…………嘶～～」

「上、上原同學？」

我深深地吸氣。儘管那裡是公共場所，即使如此……即使如此，我還是從長椅上站起來，然後繞到星之守面前用兩手牢牢抓住她的肩膀，並且認真看著她的眼睛——我就是無法克制自己喊出來。

「絕配到這種地步也太過頭了吧啊啊啊啊啊啊啊啊啊啊啊啊啊啊啊啊！」

「！嗯咦？你、你怎麼了！」

星之守瞠目結舌地嚇呆了。似乎有什麼誤解的她害羞得臉紅，還把視線轉開。但我現在

實在沒有心思顧這些。

我衝動歸衝動，還是放低音量，然後補足自己的認真度問她：

「我、我問妳，說真的，妳對雨野有什麼感覺！」

「咦？比自己愛看的戲劇裡出現經紀公司硬要捧紅的偶像還討厭耶。」

隨問隨答。我不禁抱頭大叫：

「為什麼啦！」

「咦？不不不！我才想問，你是怎麼了！」

「去戀愛啦！這種時候就該戀愛！根本看得見幸福結局了不是嗎！」

「什麼～～！不不不，無論怎麼想，那對我來說都是壞結局耶！」

「……啊！可惡，有主角屬性補強，當主角的資質卻低到令人絕望的人碰在一起，狀況居然就會變得這麼蠢！」

「……呃～～那個那個，上原同學？要、要不要喝我的豆漿？」

猛一回神，我才發現星之守對突然冒出奇怪舉動的我有些畏懼，還拿了豆漿要請我喝。

我一邊拒絕一邊認為自己確實應該先鎮定下來，就設法讓腦子冷靜並坐回長椅上。

我花了點時間調整呼吸，稍微思考過後才重新對星之守開口：

「星之守。我再確認一次……妳對雨野沒有傲嬌性質的好感嗎……？」

「完全沒有。要是和他一起被留在無人島，我寧願咬舌自盡。」

「是喔……」

她用認真的眼神正經地表示否定。聽完她的意見，我重新檢討策略。

「（要解釋這種命運性的狀況是很簡單……但是照這樣看來，目前就算把事情講明，或許只會讓他們彼此厭惡。到、到底要怎麼做才對啊……）」

呃，雖然我是徹頭徹尾的第三者，可是有這麼令人「抱憾」的狀況擺在眼前，心裡難免會感到浮躁。關於天道那件事也是一樣，感覺超像在幫漫畫或輕小說的男女主角加油。太有趣了。

我看向星之守，她對我多少有些在意，不過大概是社群遊戲的求援截止時間逼近的關係，她還是把視線放在手機上並且用觸控操作。

總之，我決定先試探她一下。

「星之守……呃……對了對了，妳為什麼會叫《ＭＯＮＯ》？」

「咦？啊，我懂了我懂了，你是在問取名由來嗎？非常單純喔。」

「單純？啊，難道妳是把『星之守』的拼音擷取一部分再倒過來唸嗎——」

「不不不，因為我媽媽原本姓『物部』，《ＭＯＮＯ》就是『物』的讀音。你想嘛，網路上用的化名都會希望取得跟自己的相關性遠一點不是嗎？啊，因為這樣，我還另外擷取了一部分讀音，取了叫《NOBE》的網名來用。主要是在製作遊戲時用的。」

「絕配到這種地步也太過頭了吧啊啊啊啊啊啊啊啊啊啊啊啊啊！」

再次起立大叫的我又讓星之守嚇了一跳，帶著小孩來公園的家長也匆匆與我拉開距離。

我立刻低頭向對方陪罪：「啊，對不起。」然後坐下，可是亢奮的心情卻完全克制不了。

《NOBE》是嗎！妳居然就是《NOBE》嗎！這什麼狀況！

好像已經解完救援任務的星之守收回手機，還露出真的被我嚇壞了的眼神。我則咳嗽清了清嗓，再一次問她：

「星之守。你都感覺不到……雨野身為男人的魅力嗎？」

「談景太身為男人的魅力以前，我目前連他身為人類的尊嚴都不認同。」

「再怎麼說也排斥過頭了吧！」

這兩個人是怎樣！一個人可以討厭另一個人到這種程度嗎！

「你們除了某一點以外，興趣完完全全合得來吧……」

「正是因為這樣！他的經驗跟我那麼類似……卻還是擁戴『萌』，我對那樣的品味簡直難以置信！感覺像看了自己的黑暗面一樣！」

「……啊～～……」

簡單說，就是同類相斥的最高級吧。正因為共通點多到極點，根據那些經驗得出的結論要是不同立刻會引發激烈的對立。

我不禁用力搔了搔頭。

「（糟糕，照這樣看來，癥結埋得挺深的耶。從電玩社那件事也可以曉得他們倆只有多餘的自尊心高人一等。既然如此……就算狀況再怎麼有命運性，目前揭露出來也不會有半點好處！不過要是就這樣讓他們彼此迴避而失去交集，實在太……）」

這麼多命運性的狀況都湊在一塊，彼此卻保持距離而疏遠，實在太扯了吧！真的太扯！可是照這樣下去，他們兩個絕對不會積極和對方見面。

當我腦筋轉來轉去想不出辦法時，星之守或許是出於體貼就換了個話題。

「呃呃，那個，所以說，關於商量遊戲製作……」

「對喔……我們之前好像是在談這個。」

我一邊在腦中想著有沒有什麼辦法能把雨野和星之守湊成對，一邊陪星之守商量。

她小口小口地吸著剩下的豆漿，並且開口：

「原本我是因為興趣，會製作簡單的遊戲在網路上公開……不過不過，呃，該怎麼說呢？其實評價不怎麼好……」

「嗯，我曉得。畢竟妳是《ＮＯＢＥ》嘛……」

星之守一副乖乖牌的樣子，沒想到內在還滿惡毒的……當我傻眼地嘆氣時，星之守忽然看似訝異地站起來看著我。

「上原同學，難、難道說，你知道我做的遊戲嗎！明明冷門到極點耶！」

「？啊，哎，其實我只有把一款從頭玩到尾啦。我之所以會玩……」

話講到這裡，我正想著要不要隨口把雨野的事情抖出來。

結果星之守就眼神燦爛地望著我的眼睛。

「我、我覺得，這根本就是命中註定耶！」

「妳來這套喔！」

錯了啦！雖然的確是命中註定，不過對象不是我！我想這樣跟星之守說清楚，可是看她自顧自地High成那樣，我實在很難把雨野的事說出口。總之，我決定先簡單確認一下。

「呃，星之守。我做個假設……只是假設喔。假設雨野在知道妳就是製作者的情況下玩了妳做出來的免費遊戲……」

「……那我會活著讓烏鴉啄食我的身體，回歸大自然。」

她的眼神果然是認真的。我抱頭苦惱。

「（這、這種情況下要怎麼做才對啦！客觀來看，雨野和星之守根本就是彼此的真命對象！要是他們就這樣互相疏遠，簡直太扯了，太沒有道理了。可是再這樣下去，就算條件齊全也實在沒辦法把他們湊在一起……）」

當我苦思不出方法時，星之守又繼續找我商量。

「呃，那麼，上原同學，你覺得我做的……《NOBE》做的遊戲怎麼樣呢？」

「咦？啊～……那個……該怎麼說呢……相、相當具有獨創性——」

「啊，說到這就可以了。」

星之守似乎有所察覺而退縮了。你們就只有在這種部分特別敏銳！

她深深地嘆息。

「一開始，我完全是本著興趣在做遊戲。我並沒有打算讓別人看，只是想做出屬於自己的遊戲。」

「啊，每個人都會有這種想法。比如自己畫漫畫或寫小說。」

「是啊是啊。後來，等到遊戲完成了，我就對成品冒出了感情。於是我想到要不要在網路上公開看看……公開以後，我得到了表示賞識的感想。雖然只有少少幾則感想，可是我樂得完全忘了形，又開始製作第二款、第三款遊戲……」

「開心不就好了嗎？」

「開心嗎……要說開不開心，我確實很開心……」

這時候，星之守用力抿住了嘴脣。看來，接著才是她要談的正題。

「可是可是……最近，我變得不太懂了。之所以如此，是因為我照自己喜好設計的遊戲……呃，就像你感覺到的一樣……」

「評價就不好。」

那樣當然得不到肯定啦，我想。真的太有獨創性了。

「不過不過，當我在意別人的感想，設計出內容穩穩當當的作品……反而就……」

「評價就不錯。」

星之守點了點頭。對喔，雨野好像也提過。在《NOBE》做的遊戲中，第二款算是相對正常的，聽說還曾經晃進排行榜。

星之守露出苦笑。

「那、那個，我也覺得自己明明不是什麼了不起的製作者，幹嘛學有頭有臉的人物煩惱這麼多。即使如此，我還是完全找不出答案。結果我現在都是做自己喜歡的東西……可是果然都得不到好的評價。」

「既然妳只是喜歡創作，就算那樣也沒關係吧？」

「……要是我能那樣認命，事情就簡單了。得過一次別人賞識的感想……我就變得忘不掉那種喜悅……」

「那妳做出可以得到賞識的作品不就好了嗎？」

「我、我就是這樣想才做出了四平八穩的第二款作品。可是，那樣就算被別人誇獎，我也不會強烈高興到原本那種程度……」

「哎，某種意義上等於否定妳原本的作風嘛……」

「是啊是啊！呃，我並不是一點都不高興喔。實際上，又開始自由發揮的第三款作品砸鍋以後，我就很難過。不過不過，我就是相信將來自己真正的作風應該會有被接受的一天，到現在也還在努力，可是……」

「結果還是不順利嘍？」

「是的是的。所以，我在想，下一次要不要再設計成內容穩穩當當的作品。」

「感、感覺好像無限循環的地獄。」

世上所謂的創作者，也許或多或少都有反覆猶豫過這些。不過其實根本就沒有答案吧。坦白講覺得怎樣都無所謂的我催了一聲：「然後呢？」星之守就繼續說了下去。

「不過不過，其實呢，我有一位非常奇特的粉絲說……他就是喜歡我真正的作風。」

「……啊……反正我想那傢伙的網名大概是叫《阿山》吧？」

我試著舉了一個雨野提過的網名。星之守表示肯定。

「？咦？你怎麼知道……啊，有了有了，我想到了。你有看我部落格的意見欄對不對？就是那樣。」

呃，夠了，為什麼你們兩個還不去交往啊？你們的紅線到底從哪裡就纏在一起了？那條紅線是瑕疵品或者出了什麼問題嗎？

星之守擺出獨當一面的正經表情說：

「所以我在想，自己要是做出穩穩當當的作品……不就等於背叛了那位《阿山》嗎？因此我才想找人商量。上原同學，請問請問，你覺得我應該怎麼辦？」

「去問雨野啦！」

真的是一句話就可以講完了！可是星之守似乎把那當成玩笑話，還High得讓人有點煩，笑著對我說：「上原同學，你又來了～」唔，她連這種錯判距離感的獨特毛病都跟雨野一模一樣！

說真的，這下到底怎麼辦——我重新認真思考。

就算把《阿山》本人剔除在外，要商量這種跟電玩有關的煩惱真的就是雨野才適任，可是星之守自己絕對不會去找那傢伙商量才對。然而，要是他們倆能因為溝通這件事而變得要好，那就太棒了。

另一方面，我又想聲援天道的戀情，還盤算著要是順利把星之守扯進來，說不定反而可以點燃天道的嫉妒心。

在與這些想法離得大老遠的內心角落，我又對雨野和亞玖璃的關係在意到不行。可是，沒有好方法可以挖出實情的現狀讓我急得乾瞪眼。

還有還有，目前的狀況是我莫名其妙一直都在陪雨野或星之守。坦白講，這陣子我在班上的現充立場已經變得有些微妙，這也是一個要顧慮的面向……

「（唉～～能不能讓我隨地撿個方便的好辦法，把幾個星期以來累積又累積的這些煩惱一口氣全部解決啊？）」

我一邊懷著已經等於在指望神明的願望，一邊茫然地環顧公園裡面。

遠遠有小朋友們在沙坑玩鬧，旁邊則有主婦們忙著東家長西家短。另一方面，與公園相鄰的廣場裡還有幾位老人家帶著笑容熱衷於旨在社交的槌球運動……真是安穩祥和的光景。從雨野那裡聽到的電玩社作風就亂嚴格的，可以說和這一幕互為對比——

「…………」

——瞬時間，我腦中靈光一現。

「……這就是辦法……」

我不禁從長椅上蹦起來。

「咦？」

星之守一臉不解地偏著頭，看著我那副樣子。

然而，我沒有回答她任何一個字……不，我不能透露任何訊息，只是認真無比地望著公園內的景象，在腦中一再檢討我獲得的「天啟」。

我重新體會到那個可以把所有煩惱一口氣全解決的妙招，其完成度實在恐怖。

我不由得默默地渾身顫抖。

*

隔天。

「「同好會？」」

放學後的二年F班教室裡響起了雨野和星之守重疊的聲音。

在他們倆隔著雨野的桌子坐得頗有距離的情況下，獨自挺胸站著的我故意要讓目前還留在教室裡的幾個同學聽見，就用比較大聲的音量宣布：

「對！就讓在這裡的我們幾個一起組成『電玩同好會』吧！」

「「…………喔。」」

不太有共鳴的兩個人納悶似的面面相覷。

我趁他們還沒開始吵架，一股勁地又繼續提議：

「聽說你們倆都是對『玩電玩的團體』有莫大興趣，卻又認為『電玩社和你們要的不一樣』的同好之士。」

「「……喔。」」

「這樣一來，我們就該組成新的聚會場合才對！並不是像『電玩社』那樣讓大家切磋琢磨的『社團活動』，而是把輕鬆、讓成員玩得開心當成第一目的的電玩活動團體。那正是……我現在想成立的『電玩同好會』！」

「「哦〜……」」

兩名御宅族大概是受到我的熱情感召，都忘了彼此的立場，小聲地為我鼓掌……只要有我居中協調，這兩個人果然意外地好哄。

猛一看，留在教室裡的同學也正從各處看著我們這邊並竊竊私語……這樣就對了。這正是我的企圖之一。

「（我、雨野還有星之守這種組合，怎麼想都給人異質的印象，難免會遭受注目。不過，這時候只要簡單找個同好會的名義將我們圈在一起，奇怪的臆測或注目眼光就會減少許多！我也可以大大方方地跟他們聊天！）」

首先，這是成立同好會的第一項好處。至於第二項……

「呃，上原同學？」

「怎樣，雨野？」

雨野軟綿綿地舉手。他歪著頭問我：

「同好會……是要做些什麼？像以前那樣用普通方式和你聊天不行嗎？畢、畢竟要是照你說的這樣……」

星之守聽了他的疑問，也跟著提出意見：

「那個那個，我也是，只要能像以前那樣和上原同學商量事情就夠了。我之所以這麼說是因為……」

接著，他們倆就指著彼此，斬釘截鐵地告訴我：

「「這傢伙超礙事的。」」

「你們真的是死性不改耶！」

人跟人之間會有這麼抗拒妥協的情況嗎！簡直服了你們了！

我傻眼歸傻眼，還是咳了一聲，始終保持著冷靜並且淡然地對他們說明：

「那也是這個同好會的意義所在。」

「「？」」

「你們確實是同好之士，不過我並沒有要你們建立友誼關係。你們一起參與的終究是『電玩同好會』的活動。這是讓成員聊電玩的場合，並沒有強迫你們相親相愛。所以……」

「「……！要、要互相辯到底也是被允許的……！」」

兩人眼中燃起鬥志……嗯，雖然我就是希望這樣……不過，他們果然都是傻瓜。

然而，我並沒有把傻眼的情緒表露出來，而是賊賊地笑著繼續說：

「怎樣，還不錯吧？正因為你們討厭對方……想盡情辯個痛快的情況應該意外地多。」

「「唔唔唔……」」

他們倆幾乎動作一樣地看了彼此的臉再轉開，然後望著我這邊咕噥……想法雷同的程度好比在演搞笑劇。我非常期待他們用同好會的形式活動。

其實，這就是創設同好會的第二個好處。

縱使這兩人吵架，還是能確保他們時常有交集。

即使想把關係搞好，要是沒有場合能講話就根本成不了事。然而，假如不用任何名義將他們圈在一塊，這兩個人大概就會賭氣而漸行漸遠。不過，雖然他們倆把彼此當眼中釘……

卻意外地在意對方。換句話說，形容成傲嬌就過了頭，但他們多少還是希望有機會、有大義名分和對方講話。

因此，我才安排了「電玩同好會」這個小圈圈給他們……

「「…………既然你這麼說……」」

釣到了。兩條一起釣上來了。大豐收。沒長腦的魚。

滿意地露出笑容的我大致上已經達成目的就坐了下來。

儘管他們倆還是瞄來瞄去，有些互相牽制的味道。

雨野又對我提出疑問：

「可是……三個人就能組同好會嗎？」

「嗯？啊，在我們學校要組織社團活動需要明確目的和一定人數，不過同好會好像只要交個文件，其他幾乎都自由喔。相對的，學校不會出經費就是了。」

「這樣啊。那就好，不過……」

星之守把雨野的話接著說下去：

「請問請問，就只有我們三個人嗎？呃，雖然我也不喜歡太多人……可是……」

用視線互鬥的星之守和雨野又擦出火花。我則一邊嘆氣一邊回答：

「不，其實我多找了一個人。雖然我還沒有請她進來就是了……」

當我這麼說明時，那個人剛好從走廊探頭到教室。在F班同學都嚇呆的情況下，我舉手喊了聲：「噢！」喚對方進來。

「天道，我們在這邊！來得好！」

「啊，上原同學。我來晚了，不好意思。打掃拖得比較久。」

「天、天道同學？」

雨野立刻打直背脊……總覺得這傢伙是不是一天比一天更怕天道了？

天道一邊展露完美依舊的笑靨一邊走過來，然後客客氣氣地朝愣著的兩人行禮問候。

「感謝各位這次邀我參加『電玩同好會』。因為我還得顧及自己的社團活動，沒辦法立刻下決定，不過我會在今天參觀以後善加考慮……」

她說到這裡就看了星之守，而且不知怎地停頓了一會。

「…………」

「呃呃……天、天道同學。」

「天道？」

奇怪？怎麼了？為什麼天道會有些停滯地看著星之守？她們兩個同班……可是並沒什麼對立的關係吧？感覺又沒有交集。

當眾人冒出問號時，天道才似乎回過神，問了星之守：

「呃……原、原來星之守同學也是同好會成員啊。」

「是、是的是的……啊，那個，之前拒絕電玩社邀請，我很過意不去……」

星之守態度畏縮。啊，我確實遺漏了這一點，是我失算。不過……天道表現出來的隔閡感好像並不是因為電玩社的事……

如我所料，天道不知為何來回朝雨野還有星之守瞄來瞄去。

雨野連忙開口：

「啊，我也要道歉。之前拒絕了電玩社卻待在這裡……」

「不、不會。那沒有關係……呃……果然……兩、兩位是因為有彼此在，所以比起加入『電玩社』，你們寧願組『電玩同好會』……」

「「？」」

「（啊，糟糕，是這麼回事啊！）」

此時，我才終於察覺。雖然不知道為什麼……不過天道竟然以為那兩個人互相喜歡嗎？呃，我確實希望引起天道的嫉妒，她卻在略早的階段就誤會過頭了。

儘管我急著想說明……可是，為時已晚。

被天道問了意義不明的問題，看似慌張的雨野和星之守又展現出他們的傑出默契外加在緊要關頭不懂看氣氛的傻勁……一起用力點頭回答：

「「啊，是的，就是這樣（顯然都是隨口亂答）。」」

「（白痴啊啊啊啊啊啊啊啊啊啊啊啊啊啊啊啊啊啊啊啊啊啊啊啊啊啊啊啊！）」

從兩人之間感受到密切關係（子虛烏有）的天道受了刺激。這什麼狀況？

當我內心狂冒汗的時候，臉紅的天道就轉開視線並且嘀咕：

「……果、果然，『電玩同好會』裡，或、或許不需要我呢……」

「（她好像在鬧脾氣了啦啊啊啊啊啊啊啊啊啊啊啊啊啊啊啊啊啊啊啊啊啊啊！）」

糟糕！雖然我就是希望她嫉妒，但不是像這樣！至少得讓她加入「電玩同好會」才有戲唱！那樣才能期待天道或星之守跟雨野有拉近距離的進展！別在這麼早的階段就挫折啦！

「（還有說老實話，同好會只要成立就可以占掉雨野放學後的時間，讓他和兩個正妹去演戀愛喜劇，自然就沒空和亞玖璃拍拖了！我更可以用同好會活動的名義來控制&監視雨野的行動！）」

再次體認自己內心其實充滿盤算的我認為要先留住天道才行，連忙開口：

「總、總總之，別那麼快就做決定嘛，妳今天可以先參加看看……」

我打圓場才打到一半，雨野卻少根筋地說：

「啊，上原同學，這樣不好啦。我希望能讓天道同學……專心去主持電玩社的活動！」

「你非要這麼絕情嗎啊啊啊啊啊啊啊啊啊啊啊啊啊啊啊啊啊啊啊啊啊啊啊啊啊！」

「？」

雨野天真地歪著頭。他那句實質上等於「滾回去電玩社啦」的宣言讓天道的臉頰頻頻抽搐。你是天才嗎！你是傷害天道自尊心的天才嗎！

眼裡微微泛淚的我好聲好氣地安撫：

「總、總之，天道妳也坐下來吧，好嗎？加不加入是另一個問題，今、今天先參加看看我們的活動吧！可以吧？好嗎？」

「咦？啊，可以是可以………呃，上原同學，話說你之前動作有這麼奇怪嗎？」

「要妳管！」

我的舉止當然會變得奇怪啦！這什麼鬼狀況！最近我連自己是為了什麼目的而行動都搞迷糊了！我的現充生活到哪裡去了！

總而言之，我們四個人終於圍著雨野的桌子坐了下來，只見雨野正偷偷地在感動。雖然成員是我們幾個，不過對他來說，這好像是夢一般的畫面。有好幾個人圍著他的桌子，這樣的狀況……我總覺得自己快飆淚了。

當天道問我：「所以呢？今天要做些什麼？」

我就瞄向星之守，用眼神和她做最後確認。得到同意以後，我才鄭重提出今天要談的電玩話題。

「星之守正在做遊戲，我們要討論她下一款作品的方針。」

「「咦？」」

雨野和天道訝異地看向星之守。臉紅的她害羞地嘀嘀咕咕講出昨天和我討論過的那件事……而且省略了自己用《NOBE》名義的部分。之所以如此，似乎是因為星之守不希望讓雨野玩她做的遊戲，她覺得雨野肯定會瞧不起……實際上……

「哦～～千秋，妳有在做遊戲啊…………感覺一定很無聊。」

「啥？」

雨野果真就嗆了星之守……不，我告訴你，你是唯一支持她做的遊戲的瘋狂信徒……

兩個人和平常一樣直接吵起來的景象讓天道愣住了……啊，對喔，她以為這兩個人很要好啊。

「他們倆一直都是這副德性。水火不容就是在形容這種狀況吧。」

「這、這樣啊……」

心情明顯變好的天道露出微笑……妳都不太掩飾自己對雨野的好感耶。難道是修練電玩修過頭，對戀愛意外地生疏嗎？

誤會好像暫且解開了，我一面感到放心一面勸解那兩個人，並且把話題繼續帶下去：

「好啦，天道還有雨野，你們實際上是怎麼想的？星之守應該做自己喜歡的東西嗎？還是做別人想要的東西？」

「那還用問，斷然去做自己喜歡的東西才對吧。」

沒想到天道回答得斬釘截鐵。星之守戰戰兢兢地問：「果、果然是這樣嗎？」天道則明確地點頭回答她：

「當然了。有信念就要貫徹。其實繪畫也好、文學也好，真正的名作就是要有這樣的私心才會誕生啊。」

「原來如此原來如此……的確是這樣。」

「妳要相信自己，努力去創作，之後自然就會有技術和人氣啊。」

「好、好的！那個那個，我會加油！」

星之守挺直背脊，完全認同天道的意見。我和雨野都不禁佩服。這個女的……天道果然很厲害。雖然她扯上雨野就不太中用，不過基本上站在音吹頂端的女人並非浪得虛名，意見和態度都不容動搖，毅然而威風。

可是，正因如此……

「……啊～～……」

議題好像就這樣結束了……不行不行，妳太完美了吧，天道花憐！搞什麼啦！至少要個寶嘛！層級比我們高的高中——比如附近的碧陽學園，聽說他們的學生會從某個時期開始，每一屆開會都是在耍寶耶！原來有完美的強人在就開不了逗趣的會議嗎！我現在才知道！

現場充滿尷尬的沉默……奇怪，同好會辦活動是像這樣嗎……？

猛流冷汗的我也知道這樣做太不負責任了，可是，在迫不得已下……我只好把話題丟給雨野。

「好，那、那雨野，你覺得呢？」

「咦！」

雨野瞪著我表示：聽完那麼完美的答案還來問我，好過分！……唔，對不起啦。可是……雨野，我有我的為難之處啊！

另外，星之守靈敏地察覺到雨野的危機，也不懷好意地笑著問：

「啊～我也想知道耶，以最愛電玩而聞名的景太會有什麼意見呢？」

「唔……千秋，妳……！」

好醜陋的鬥爭！受了那一幕刺激的天道又問我：

「請、請問，從各方面來看，這兩個人是不是比水火不容還嚴重啊……」

「哎，我、我想他們有自己獨特的關係啦……」

我無法回答更多。因為實在太特殊了，負面性質的。

不管怎樣，所有人的注意力都集中到雨野身上了。

雨野用力朝星之守瞪了回去……然後才死心般嘆氣，用手搔了搔頭。接著，沒想到他居然非常輕鬆地做出回答。

「老實說，我覺得都可以吧。」

「……啊？」

他的意見實在太隨便，要說與天道呈對比都嫌抬舉了。

星之守果然就抓著這點開嗆：

「什、什什麼話嘛。景太……你、你不在乎我做的遊戲嗎……」

「啊，對啦，我也有那個意思。」

「你、你喔……」

他們又火花四射地瞪起彼此了。天道對我嘀咕：「那樣看起來反而讓人覺得很要好……」嗯，在我看來也有同感，活像碰巧在吵架的恩愛夫妻。

被星之守嫌得狗血淋頭的雨野又繼續說：

「不過，就算不是面對妳，我也覺得無所謂。無論製作者要不要追求賣座，反正對我來說，只有成品好不好玩才重要。」

「照你這樣說，有說等於沒說嘛……」

我傻眼地咕噥，雨野卻若如其事地回答：「可是我沒說錯吧？」

「既然有貫徹信念而做出傑作的情況，自然也有把似曾相識的娛樂要素巧妙地拼湊起來，東西還是超好玩的情況啊。反之亦然。」

「那、那算什麼？景太，不然不然，你對自己喜歡的遊戲製作者都沒有要求嗎？」

「咦？啊，是的。就是這樣。」

「…………」

他那種毫無主張的態度可以說和天道完全呈對比，就連我們都覺得有些傻眼。然而……

雨野卻繼續說：「所以嘍。」

「千秋，妳隨自己高興去做就行了吧？無論妳想不想爭取表面上的人氣，那終究是妳的作品啊，不是嗎？」

「咦？」

那句話好像讓星之守醒悟了什麼。猛一回神，我和天道也都專心聽著雨野的意見。

「千秋，既然貫徹信念做出來的東西是妳的作品，那麼妳為了獲得人氣才下工夫做出來的作品同樣是妳的心血結晶吧？兩者之間，差別會很大嗎？」

「這……」

星之守有些動搖地把視線轉開了。不過，雨野似乎還是覺得跟天道相比，自己的意見實在太膚淺，就瞥了天道一眼並且害羞似的搔搔頭。

他客氣地對天道解釋，態度和對星之守完全不同。

「啊，其實我也非常喜歡某位製作免費遊戲的作者。要說到我最喜歡那個人做的遊戲的什麼部分，就是從遊戲細節流露出來的人性。所以……就算那位作者真的想爭取表面上的人氣，我猜無論他要怎麼做，核心的部分也都不會變才對。既然這樣，成品要得我好感也完全不成問題啊，這就是我的想法。」

「…………」

「對、對不起，我講的好像太膚淺了……哎，反、反正我本來就不在乎千秋做出來的爛遊戲嘛……」

「欸欸欸！」

星之守狠狠地瞪了雨野，奇妙的是，感覺上她的眼光並沒有帶刺。

天道也一樣，儘管雨野的意見幾乎和她徹底相反，她卻溫和地微笑著。

「這樣啊……說得也對。我終於體會出一個大概了。嗯，雨野同學……你就是這樣的一個人呢。」

「咦？啊，對、對不起……」

雨野徹底畏縮了……啊，這傢伙好像有什麼誤解！天道明明對你一臉欣賞的樣子不是嗎！為什麼會擅自想成自己被罵了？基本上，這傢伙太敏感導致他往自卑的方向亂想！

……哎，不過氣氛變得意外融洽耶。我想差不多是時候了。

「那麼，今天就到此告一段落吧。」

我這麼一說，顯得無異議的另外三個人也都點頭。回神後我才發現教室裡除了我們以外，已經沒有別人了。

當所有人都準備收拾離開時，我又找天道講話：

「所以呢？天道，妳打算怎麼辦？妳要不要……也加入『電玩同好會』？」

天道聽了我的問題，看似有些猶豫地朝雨野瞥了一眼……嗯，只缺臨門一腳了吧。

我不想讓雨野和星之守聽見，便朝天道稍微貼近，然後悄悄告訴她：

「對了，雨野會開始跟星之守講話是因為妳喔，天道。」

「咦？」

「那傢伙希望將來可以用對等的態度跟妳講話，才開始督促自己，找了同樣喜歡電玩的人來練習講話。唉……雖然結果就變成那樣了。」

「原、原來是這樣啊。他、他是為了跟我……好好講話……」

天道的臉越來越紅。

「（好……最後一條魚要上鉤了。）」

我露出竊笑。如我所料，天道怯生生地回答：

「也、也好。畢竟我今天過得很愉快……那我就同時兼兩個社團，參加你們的——」

呼，這樣總算可以鬆口氣了。照這種步調，只要同好會活動順利，雨野遲早會跟其中一邊湊成對吧——咦，奇怪？在那裡的是……

「亞玖璃？怎麼了嗎？」

猛一看，亞玖璃已經來到了F班的教室門口。我暫時打住和天道的對話，問了亞玖璃一聲，她卻冒出嚇一跳的反應，然後看似尷尬地對我打了奇怪的招呼：「祐……安、安安～」接著，她看向在場的天道和星之守——

「……啊唔！」

「？」

亞玖璃突然變得有些淚汪汪……？怎麼了？這到底是……

哎，我應該沒有跟亞玖璃約好，不過她是來接我的吧。既然這樣，我也要趕快收拾——

「欸，來一下來一下！雨雨！雨雨！快點過來！」

「啊，好的，亞玖璃同學！對、對不起！那、那麼各位，我和她接下來有點事，今天先告辭了！」

被亞玖璃叫到的雨野急著收拾完東西就趕過去了。我和天道都啞口無言，反觀在門口會合的那兩個人……

「…………咦？」

「唔，唔～！雨、雨雨～！」

「請、請請請妳冷靜點，亞玖璃同學！總、總之我們走吧！」

淚汪汪的亞玖璃和雨野狀甚親密地靠在一起，匆匆離開現場了。

「…………」

相較於茫然若失的我和天道——

星之守完全不把這種詭異的狀況當回事，平靜地獨自收拾完東西，還從我們背後講了一句衝擊性的話：

「不過不過，世上的事情真難預料耶。沒想到……景太那樣居然交得到那麼可愛的女友。你說對不對，上原同學？」

「…………啥？」

脖子僵硬得像機器人一樣的我和天道吱吱嘎嘎地回頭。

星之守呆愣愣地歪著頭回答：

「我最近常在回家時看見他們喔。那兩個人很親密的樣子。還有還有，景太自己也說了啊，那是他的女朋友。」

「…………啥？」

「總覺得無法接受耶。那女生配給景太真是可惜了，和景太登對的應該是喜歡電玩又宅的女生才對……咦？奇怪奇怪，我在講什麼？啊，那我要去等下一班公車了！兩位再見！」

「……再、再見……」

星之守急急忙忙地快步離開了。留在教室的我和天道則彼此看了一會兒。

只見天道緊緊地抓起自己的書包。

眼裡逐漸盈上淚水的她……忽然拔腿就跑，並對我大叫：

「我、我還是不加入『電玩同好會』了～～～～～～～～～～～～～～～！」

「我想也是！」

我連打圓場的意願都沒了！想也知道！倒不如說，邀天道加入以前……

「我自己就已經想退出『電玩同好會』了！什、什麼狀況啊！這是怎樣！」

在我成立「電玩同好會」以為能一口氣解決所有問題的放學後。

事後回想起來，這一天反而就是一切複雜人際關係的開頭。

嗯，當時的我——其實早有預感了。

雨野景太

事情為什麼會變成這樣？

「咿……嗚嗚……嗚……」

「亞、亞玖璃同學，對不起。都是因為我太沒用……」

表情沉痛地在家庭餐廳面對面坐著的男女。女方從剛才就一直在哭，男方只會滿懷歉意地低著頭。

無論怎麼看，都像是在談分手的畫面。

「（哎，某方面來講也沒錯就是了……）」

我從飲料吧拿了冰咖啡，把那灌進乾澀的喉嚨……音吹高中的學生不太會來這裡，而且飲料吧也便宜，這間家庭餐廳本身並沒有問題……可是周圍苛責的視線卻讓我如坐針氈。

亞玖璃同學臉上偏濃的妝已經哭花了……老實說掉妝的她更加可愛，不過我很明白現在的氣氛不適合說這些，只好把話連同冰咖啡一起吞下去……嗯，是的，要幫失戀的女生打氣，這並不是個辦法……………………

「啊，亞玖璃同學，我覺得妳畫淡妝會比較可愛。」

我講出來了。請、請不要小看我跟女性可聊的話題量之少！

果然，亞玖璃同學惡狠狠地瞪了我。

「煩死了！你好噁！講那什麼低級的話！」

「就、就是啊～」

我轉開視線，喝了一小口冰咖啡……來自旁人的視線扎得我更痛了。坐在我後面座位的女性上班族還冒出嫌惡的反應。我好想哭。

「……唉……簡直糟透了……」

話雖如此，講過剛才那些話以後好像勉強讓亞玖璃同學不再哭了。

她喝了一口我拿來的可樂，然後就數落：「不冰！」……呃，誰教我拿來以後，妳就一直放在旁邊不喝。

…………

「來，請用。」

回神的我迅速端了新的飲料給她。她嫌不冰而喝剩的可樂則由我負責喝掉。當然，要是我和她間接接吻又會被講話，因此我有用吸管。

亞玖璃同學喝下冰涼的哈密瓜蘇打，呼了口氣，然後擦掉眼淚朝我看過來。

「……你說，為什麼會有那些女生嘛……」

「……呃……」

我轉開視線。女上班族們正在背後竊竊私語：「那男的好差勁。」嗯……這段對話聽起來就好像我外遇被抓到，而且像到簡直故意的地步。唉，某、某方面而言，這樣解讀有三成是對的。

額頭猛流汗的我報告了今天的狀況。

「呃……不知道為什麼，千秋和天道同學好像都被找來參加同好會……」

「為什麼會變成那樣啦～～！」

「好痛，好痛好痛！別拉我耳朵！亞玖璃同學！別人的眼光也要顧啦！」

亞玖璃同學使勁擰了我的耳朵以後，就一邊像動物那樣喘氣一邊又說：

「雨雨，你有說過吧！你說星之守千秋和祐之間什麼曖昧都沒有！你還說祐當然沒有喜歡男生，他喜歡的就是人家！」

「我、我是說過沒錯……」

「還有，因為你說你會堅決支持我們這一對，人家那天心情不錯才請你喝飲料吧耶！」

「妳是有請沒錯……價錢很便宜，而且妳只請第一次就是了……」

「啥！」

「沒事！」

「那為什麼……為什麼從那次以後，狀況就變得越來越糟嘛～～！」

「為、為什麼呢……？」

我才想問。這什麼狀況？為什麼會演變成這樣？

呃，為了避免誤解我要先聲明。起初，我打從心裡相信上原同學和亞玖璃同學這一對是愛著彼此的。畢竟看也知道嘛，亞玖璃同學發出的恩愛閃光就不用說了……上原同學感覺也非常珍惜她。

然而，形勢是在一個星期前變得不對勁的。換句話說……千秋出現了。

亞玖璃同學發起已經不知道是第幾次的牢騷。

「基本上，雨野你的預估從一開始就統統都不準！說什麼星之守千秋一點都不算正妹，個性也不積極……」

「我、我是說過沒錯……因、因為那傢伙本來真的就——」

「結果，隔天她突然就變成超級美少女，還帶著明顯的好感找祐講話～～！」

「唔。」

那實在太出乎意料了。呃，雖然在我看來，千秋給人的印象並沒有和一開始差多少啦。反而是留長髮海帶頭時，我覺得比較有她的「本色」……等等，那些都不重要。

總而言之，千秋成了全校公認的美少女。既然有個那樣的女生……還是個喜愛電玩的女生對上原同學有好感，在透過電玩喜歡上他的亞玖璃同學看來，心中當然不平靜。

我帶著苦笑緩頰。

「可、可是亞玖璃同學，妳不是也說過天道同學和上原同學相當登對嗎？」

「這跟那是兩回事！誰教那時候的天道同學讓人覺得高不可攀。還有……祐本來就是全、全世界最帥氣的男生，配給人家都嫌可惜……」

「…………」

「你那是什麼眼神？」

「啊，沒有，我只是覺得聽別人曬恩愛真的很倒胃口。」

「啥？」

「沒事。上原同學超棒。他簡直帥翻了耶！」

「你在講什麼啊？好噁。」

「不然妳要我怎麼辦！」

太不講理了！從某方面來說，亞玖璃同學在我心裡已經跟天道同學一樣棘手了！雖然千秋也很棘手……咦？難道說，所有女生都讓我感到棘手？不、不會吧。

亞玖璃同學用吸管撈起哈密瓜蘇打中的冰塊。

「在我們忙東忙西時，祐好像就變得越來越常跟星之守千秋見面了……」

「那不是因為妳的『跟祐保持一點距離看看』策略失敗的關係嗎……？」

「怎樣？」

「對不起，那也是我的錯。雖然我不清楚原因，總之都是我的錯。」

不過，只要她肯在放學後陪上原同學，我覺得事情就不會變成這樣了……再說我也白白被她拖著一起去跟蹤。我明明想玩遊戲的耶。

「而且，最致命的是……」

「啊……妳在說那一天對不對？」

千秋和上原同學單獨到公園講話的那一天……通稱XDAY。只有我和亞玖璃同學會那樣稱呼就是了。

可是，那次真的太具決定性了。大意的我當時仍覺得千秋根本就不值一顧，亞玖璃同學

比她可愛得多，所以不會出問題……結果那一天，這套想法被徹底擊潰了。那段震撼性發言將亞玖璃同學的希望粉碎了。

沒錯……那一天，上原同學在我們遠遠守候下——

抓著千秋的肩膀，眼神認真地如此對她大叫：

「絕配到這種地步也太過頭了吧啊啊啊啊啊啊啊啊啊啊啊啊啊啊啊啊！」

「………」

我們想起當時的狀況，又在家庭餐廳陷入沮喪。再怎麼說……那樣都太離譜了。坦白講，連我都深受打擊。先不管千秋怎樣……沒想到……上原同學竟然是交了女朋友還對其他女生做出那種事的人。

亞玖璃同學又繼續說：「然後呢……」

「……雨雨，後來你這麼說過，對不對？『我下定決心了！無論如何……我都要讓上原同學清醒過來！』你居然會做出那種意外地有男子氣概的宣言，連人家都有點感動，你說有沒有？」

「我、我是有說過……」

呃，我的那份心意是真的，沒有虛假。對於亞玖璃同學這件事，我當然覺得自己有責任，這陣子來往以後也讓我由衷想為她加油。因此，當時我真的下了決心，可是……

亞玖璃同學又一次對我尖叫：

「雨雨，那為什麼連你在內，會有四個男生女生相親相愛地一起成立『電玩同好會』嘛啊啊啊啊啊啊啊啊啊啊啊啊啊啊啊啊啊啊啊啊啊啊啊啊啊！」

「我也搞不懂啊啊啊啊啊啊啊啊啊啊啊啊啊啊啊啊啊啊啊啊啊啊啊！」

吼來吼去的我們被店員勸阻：「請你們安靜一點……」於是兩個人都拚命向店裡道歉，然後又消沉地坐回位子上。

……我嘀嘀咕咕地開口：

「對不起……關於『電玩同好會』成立，真的是我失策。我不小心……高興過頭，就把千秋和上原同學會變得有更多交集這一點拋到腦後了……不過，關於天道同學出現的部分真的是事發突然……」

我想都沒想到——上原同學居然會連天道同學都一起追！不過那樣就合情合理了。最近天道同學常常理我，原來是因為對上原同學有意思。

…………

「（……咦，怎麼搞的？剛才我內心滿沉痛的耶。雖然我根本不會不知天高地厚地去想自己要跟天道同學怎麼樣。真奇怪。）」

當我歪頭對自己費解的心情感到納悶時，亞玖璃同學嘆了氣。

「……抱歉。雨雨，其實人家也知道……你並沒有錯……謝謝你，雨雨。總覺得……讓你陪了好多次。」

「亞玖璃同學……」

「原來……你並不是又噁又宅又有ＢＬ嫌疑的男生……」

她停頓了一拍，然後溫柔地露出微笑。

「而是又噁又宅又有ＢＬ嫌疑的熱心好男生。」

「我對這種升等待遇完全高興不起來！話說我還是有ＢＬ的嫌疑嗎！」

「…………唉。不過，實際上呢，從和祐開始交往的時候，人家就隱約感覺到了……祐八成對人家沒什麼興趣。」

亞玖璃同學一邊用指頭撥弄杯子表面的水珠一邊苦笑。我覺得心情變得好酸楚。

「……即使如此，妳現在喜歡上原同學的心還是完全不變，對不對？」

「啊，對呀，那當然了！」

亞玖璃同學毫不迷惘地笑了出來。我不禁繃緊臉孔。

「總覺得……好像是一直看妳難過的關係，我變得不太懂了。那樣……妳甘願嗎？」

「啊哈哈，哪有什麼甘不甘願的問題。喜歡就是喜歡，沒辦法嘛。」

「不、不過妳想想看，假如彼此都能喜歡上講話更合得來的人——」

不知怎地，我的腦海從剛才就一直閃過天道同學的臉。沒錯，從一開始就別勉強自己高攀，想法要腳踏實地一點，才不會像……

「啊哈哈哈，雨雨，你真的很笨耶！」

「……咦？」

猛一看，亞玖璃同學真的是用一副「你在說什麼啊？」的表情望著我，好像在訴說世界的真理那樣十分淡然地對我說：

「戀愛啊，不是自己想要怎樣就能怎樣，而是不由自主就栽進去了嘛。」

「…………」

「碰到那種狀況，根本就無能為力啊，像發生意外事故一樣嘛。即使難受，即使自己配不上對方……哎，既然都栽進去了，沒辦法沒辦法。」

「亞、亞玖璃同學……」

怎、怎麼連我都覺得心酸了！雖然我並不是成熟得可以去干預別人戀愛的男人……即使

如此……

「亞、亞玖璃同學！」

「？雨雨？」

我忍不住用雙手緊緊握住她的手，然後用力宣言！

「我、我以後，還是會拚全力幫你們復合的！」

「雨雨！嗯，謝謝你！我們兩個一起加油！」

「好！」

「咦？等等。」

「？怎麼了嗎？」

當我們倆團結地握起手時，亞玖璃同學忽然看了家庭餐廳的窗外。

「剛才在那裡等紅綠燈的公車裡面，好像就坐著星之守千秋……」

「？嗯，我記得開往她家的公車確實是往這個方向……」

「是喔……啊。」

亞玖璃同學發現自己和我握著手，露出了有些心慌的模樣。

「怎麼辦，要是她看了有奇怪的誤解……」

「啊，那不會有問題喔，亞玖璃同學。因為我早就鼓起勇氣像個男人一樣跟她講過妳和上原同學是多麼相配的一對情侶了！」

「哦～～！你是怎麼說的？告訴我告訴我。」

面對興趣濃厚地發問的亞玖璃同學，我抬頭挺胸回答：

「我跟她說：『亞玖璃同學是最為男朋友著想的女朋友喔！』『像她那麼漂亮可愛又無敵的女朋友，其他地方是找不到的！厲害吧！』而且，我是抓準機會就跟千秋發表『絕對亞玖璃宣言』的喔！」

「哇喔，不愧是雨雨！唷，男子漢！」

「嘿嘿嘿，哪裡哪裡。哎，雖然千秋的反應是：『那、那太好了。』呆板得令我在意，不過她肯定是嘴硬啦！」

「沒想到你居然幫了這麼多！那人家……也要好好支持你才可以！好，決定了！就算偶爾要拒絕祐的邀約，人家也會陪你，直到你能和天道同學用對等的態度講話！女人是不會食言的！」

「妳、妳對我太好了！謝謝妳，亞玖璃同學！」

「不會不會。往後我們繼續用利益交換的形式合作吧，雨雨！」

「好的！真的要請妳多多指教了，亞玖璃同學！」

在家庭餐廳的桌子上，我們倆亂有男子氣概地把臂成盟。

就這樣，儘管我和亞玖璃在這一天順利組成了「聯盟」……

然而，我們何止在當時沒有發現就是因為這個奇怪的「聯盟」成立，反而造成了之後互扯後腿的局面……甚至一直到高中生活結束，我們都不太有警覺。

✖終章

「電玩同好會」成立後，過了兩星期左右。

今天我也在上完課和結束同好會活動以後回到家，家裡四個人齊聚吃了晚飯，接著我就在自己房間放空腦袋，開始逛平時都會看的網站。

我一邊把新聞懶人包當成流水作業瀏覽過去，一邊回想最近發生的事。

結果在那之後，各方面都沒有顯著的進展。

「電玩同好會」的活動開始了，然而掀蓋一看，我和千秋依然只會吵架。還有天道同學不知為何沒有加入，令人扼腕。明明只要有她在，我和千秋多少會安分一點……

「（天道同學不是喜歡上原同學嗎？）」

雖然我不太清楚她不入會的原因，可是最近想到這件事就會讓我莫名心痛，因此我決定不去深究。

亞玖璃同學和上原同學之間依然有隔閡。倒不如說，最近上原同學對我也有隔閡感。雖然他並沒有太明顯的奇怪舉動……可是，總覺得我們之間有距離，還有他好像在觀察我。

因為如此，我跟亞玖璃召開發牢騷會議或反省會的次數特別多，差不多每兩天就要在那間家庭餐廳吐苦水。不過值得欣慰的是，多虧有亞玖璃同學幫忙，我跟人初次見面講話時的「心慌」症狀消解了，即使碰見天道同學也能冷靜交談。但最近天道同學講話不知為何都結結巴巴，結果聊天還是不順暢……我得更加精進才行。

對了對了，要說到這兩個星期唯一像樣的進展，大概就是千秋把遊戲完成了。免費遊戲的製作期各有差異，不過她的手腳算非常快。難道千秋意外地有才華？雖然我不想認同。

到頭來，千秋似乎是把方針定成「讓大多數人能接受」。但是她說那些話時，臉上意外地充滿了成就感。無論是什麼樣的作品，只要有花心血和工夫去製作，或許這樣就夠了……唉，反正我不是創作者，搞不懂那些。

不過有一點我無法接受，那就是千秋完全不肯把她用的網名告訴我。她似乎就是希望我一輩子都玩不到。可是她好像有告訴上原同學，我總覺得非常不甘心……以後我遲早會偷偷找到。

——當我一邊漫無邊際地回憶思考那些事一邊逛網站時，視線忽然就停在難得看見的部落格更新訊息。是《ＮＯＢＥ》的部落格。看過內容，似乎是新作完成的通知訊息。

「噢，太棒了！」

我立刻下載試玩。其實今天本來預定要玩其他家用主機的遊戲，不過那種玩意可以排到後面。

結果，《NOBE》出的新遊戲是大約兩小時就能玩完的短篇AVG。令人訝異的是當中完全沒有超進展，內容短雖短卻收得既漂亮又穩當。

不過正因如此，少了種《NOBE》平時的味道。

我將玩完結局才出現的「後記」全部讀完以後，又跑去《NOBE》的部落格，打開至今仍無任何人留言的意見欄。

我稍微整理了想法，一如往常地寫下簡短無比的感想。

〈我又充分見識到《NOBE》新的一面了。這次的作品同樣出色又有趣！謝謝你！《阿山》！〉

寫完這些，我就把留言發送出去。我一向不寫太長的文章。起初我本來也想寫一篇長的感想，不過句子累積得越多，感覺卻與自己真正的單純感想離得越遠。因此，我到最後還是覺得「總之遊戲很好玩」這一點能傳達給對方應該就夠了。當然，我並不期待得到什麼回應，這只是對於能玩到有趣遊戲的純粹感謝。

「好啦。」

我暫時停下手邊的事情，洗了澡刷了牙，回房準備就寢。

電腦解除休眠狀態後，《NOBE》的部落格還開著。

沒想太多的我按了刷新頁面的按鍵，想看看部落格有沒有發表關於下次作品的文章……於是乎——

「（咦？意見欄……有兩則留言？）」

儘管部落格沒有更新內容，我卻發現上一篇文章顯示有兩則留言。猜想是別人發表感想的我固然覺得稀奇，還是抱著輕鬆的心情打開意見欄。

然後我看見——

〈一直都很謝謝你。《ＮＯＢＥ》〉

——只有短短內容的簡潔回應就寫在上面。

「……我才要說謝謝呢。」

我覺得心裡變得非常溫暖……坦白講有點感動，然而我並沒有再多寫什麼回應就悄悄關上視窗。

「（奇怪？總覺得剛才的字句好像在什麼地方看過……哎，算了。）」

我今天沒理由地想早早睡覺。關掉電腦以後，我就鑽到床上了。

眼睛一閉，剛才玩的《ＮＯＢＥ》新作的遊戲畫面頓時在眼皮裡浮現。

「（話說回來，以《NOBE》的作風而言，這次真的變了好多。）」

從以往獨特過頭、既傲慢又內向的作品搖身一變。

登場角色眾多，各有堅定的個性和主張，有時還透過掌機發動能力，演變成慘烈戰鬥，最後卻漂亮地收攏成和樂的大團圓結局。那真的是如此溫暖人心的遊戲——

——名為《電玩咖》的大傑作。

「（不過遊戲裡出現的角色感覺都是用最近在我身邊的人們代換進去的耶，嚇我一跳。還有這次難得也放了「萌」要素進去，雖然只有一點點。不愧是《NOBE》，感性上依然都能打中我的點。）」

玩到好遊戲，心裡就會感覺幸福。

昏昏欲睡的我在腦海裡想著上原同學、千秋還有天道同學、亞玖璃同學他們的笑容。

「（我的日常生活……變得還真是熱鬧……）」

到現在，我仍滿懷覺得不可思議的心情。

再沒有比愛好平凡日常生活的平凡男主角更讓我無法認同的了。

我這樣的想法在這格外忙亂的約一個月過去以後，依然沒有改變。

我會質疑在日常生活中廣受美少女歡迎的傢伙哪有什麼平凡，更沒有培育出什麼高尚精神讓自己用「和平真美好」的觀點來珍惜以往那種風平浪靜又和緩無聊的日常生活。

不過……即使如此，要說我內心有了什麼改變，單單只有一點。

我——雨野景太，十六歲。

想去異世界的欲求正逐漸轉淡，這就是事實。

「（真不可思議……以前要睡覺時，我總是會幻想著某個遙遠的世界。到了最近……我卻發現自己都在想「明天」的事情。）」

我抓著毯子的邊邊，把身體縮在一起。眼皮底下浮現的不是奇幻世界，而是上原同學、天道同學、亞玖璃同學…………順便再加上千秋的笑容。

……既然都變成這樣了，儘管不甘心，我想我不能不承認。

承認我對自己現在這樣的日常生活……呃，還滿著迷的。

「（哎，即使如此，和後宮型主角一比，這種日常生活根本寒酸到不行。多了個像樣的男性朋友，多了個崇拜對象，還開始替朋友的女朋友打氣，另外……啊，還多了海帶。）」

結果我能自信地講出來的朋友還是只有一個人。雖說認識的女性變多了……彼此的交情終究停在互相認識而已。我並沒有交到女朋友。

到最後，從一般都有好幾個朋友或者有心愛女友的現充平均值來看，我根本還不到得天獨厚的程度，搞不好這還是排在標準以下的日常生活。坦白說，目前我在下課時間依舊落單，有時還會因為待不住就一個人在學校裡遊蕩。

可是，無論別人要怎麼說，對我而言——

「（明天……會跟誰……聊到什麼遊戲呢……好期待喔……）」

——那就是我終於獲得的，幸福得令人掉淚的日常生活。

因此——

因此，接下來，這樣的我所要說的故事——

以我自己對故事的喜好而言非常違背本心，而且相當遺憾。

拉拉雜雜扯了這麼多，到最後。

故事仍要從愛好平凡日常的平凡男主角被美少女搭話開始說起——

——這是個關於電玩，並且動人心弦的故事。

✖天道花憐與改糟的版本升級

天道同學華麗的一天　BEFORE

天道花憐早上起得早。

慢跑，早自習，社團自主晨訓。藉著在早晨靜謐環境下提升的專注力才得以進行密度極高的自我進修。

不過另一方面，天道打扮起來極為簡潔迅速。雖然旁人不曉得，但她本身屬於對外表不太注重的類型。對儀容只顧及最低限度的她認為從內在流露出的底蘊才是真正重要的。

接著在早早到校以後，天道就會轉而投入於和同儕交流。因為她的信條就是用全力面對唯有彼時彼刻才能做的事情。

天道在下課時間不只會與同儕交流，更會主動率先幫老師。與其說她在爭取印象分數，其實這是她重視從中獲得的特殊經驗才有的結果。比起光坐在教室和朋友們聊天，她認為動手做些什麼應該更有效率。

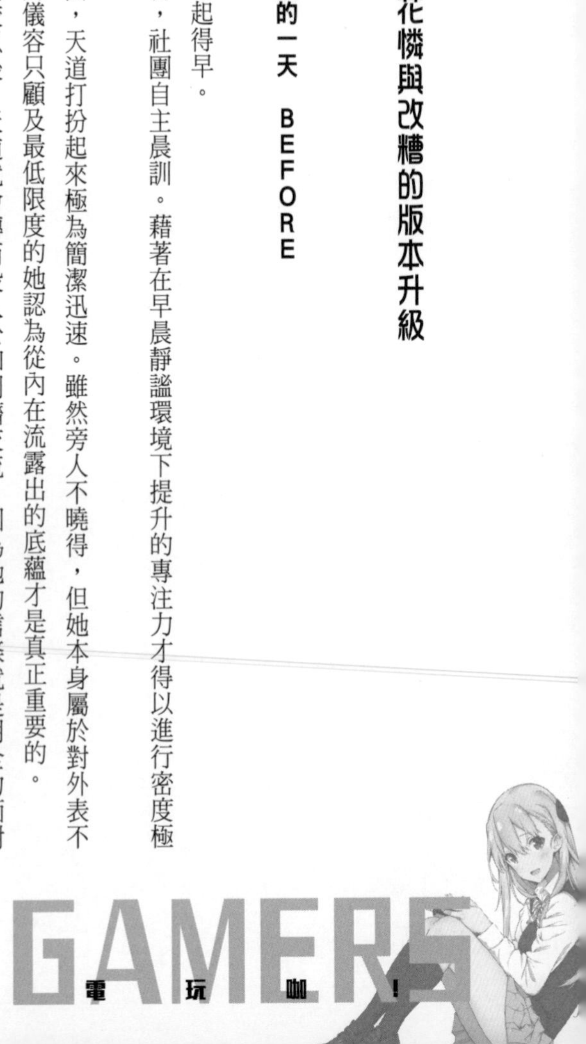

對這樣的她來說，午休是最令人憂鬱的時間。基於某種因素，她不喜歡在放學後受到拘束，因此午休就有相當高的機率會變成「告白拒絕時間」。

被告白這件事本身已經讓天道習慣了，撇棄他人好意的心痛感卻沒那麼容易就能習慣。即使如此，為了分擔對方的痛楚，哪怕只有幾十分之一也好，她所能付出的誠意就是看著對方的眼睛確實地拒絕。

就這樣，所有課程上完以後，放學時間對天道來說是最幸福的一刻。

雖然天道花憐幾乎沒有向身邊任何人明說，但她隸屬的社團是電玩社。

那裡並非只是悠悠哉哉玩遊戲就好的和樂空間，而是讓想認真鍛鍊電玩技術的人彼此切磋琢磨的場合。正因為有那種隨時都要認真拚輸贏的氣氛才讓天道深愛不已。

平均投入社團活動約兩小時以後，天道就會回家，預習／復習功課、收集電玩情報當調劑、做好明天上學的準備，然後早早就寢，為隔天早上的進修做預備。

如此這般，天道花憐的一天就毫不停頓而華麗地過去了。

……原本，她應該都是這樣過日的。

直到遇見他為止。

＊

天道同學華麗的一天 AFTER

天道花憐早上起得早。

慢跑，早自習，社團自主晨訓。藉著在早晨靜謐環境下提升的專注力才得以進行密度極高的自我進修……可是——

「……～～！～～！」

今天在那當中的慢跑和自主晨訓（簡單說就是玩電玩）被省略了。

原因在於……她遲遲無法離開被窩。而且，那並不是因為想睡。剛好相反。

因為……她正用棉被蓋住臉，並且亮著兩隻眼睛翻來覆去。

「（為、為、為什麼我會夢見雨野同學！而、而且，內、內容還還還那麼不知羞恥……畢竟，那、那種情節……！）」

天道花憐一回味夢中的情節就會在被窩裡伸腿亂甩並且翻來覆去，反復好幾次……某方面來說，或許比慢跑更消耗熱量。

結果她在睡醒以後，足足翻來覆去快一個小時才取回冷靜，然後迅速地整裝打扮……並沒有。

「（奇、奇怪了。劉海的樣子好讓我在意……啊，睫毛也需要多修一下……唇膏要不要換新的呢……咦？哎、哎呀，已經這麼晚了嗎！）」

儘管花在儀容上的時間比以前多了不少，她還是設法在和平常同樣的時段到校，接著投入於和同儕交流……幾句話意思意思以後，人就晃到了平常不需要特地經過的F班前面。

「（……雨野同學是不是已經到學校了呢？…………他好像還沒來。真是的，上學不提早一點到學校怎麼行嘛，雨野同學就是這樣。雖、雖然我並不是想盡快看到他的臉。身為同樣愛好電玩的人，應該要提倡健全的交往方式……啊，說、說是交往，可沒有那方面的意思喔。我指的是透過電玩彼此往來——）」

「欸……天道同學最近怎麼每天早上都心神不寧地在我們班前面來回好幾趟？」

「誰、誰曉得。肯定有什麼深遠的含意啦。她是天道同學耶。」

「對啊。畢竟是天道同學嘛……」

或許是天道花憐平時就廣受注目的關係，她並沒有發現F班裡面明顯有許多奇異的視線對著自己，大把大把地浪費掉早上的時間。

然而，她那樣的舉動在某個學生——雨野景太到學校以後就忽然宣告結束了。對方一到學校，自然便看見了天道的身影，還看似稍微擠出了勇氣。

「啊，天道同——」

早上的招呼打到一半，瞬時間，身為當事人的天道花憐卻轉身就往A班的方向走，彷彿表示「完全沒有注意到雨野同學」，因此他們倆總是沒打到招呼。順帶一提，雨野洩氣；天道臉紅；上原在教室裡看見他們那樣則會心情大好似的賊笑，每次都會出現這樣的畫面。

天道在下課時間不只會與同儕交流，更會主動率先幫老師。

「呃……天道同學？我很高興妳來幫忙搬教材，不過那些是要搬去化學教室……」

「是的，我了解。請交給我吧，老師。」

「咦……嗯，好啊……那個，天道同學？不過，妳走那邊何止會繞遠路，方向根本就相反了……」

「不要緊的，老師。我會經過F班再把東西確實送到，請放心。（笑臉迎人）」

「咦？那就好……呃，為什麼妳要經過F班……」

「我會把東西確實送到，請放心。（笑臉迎人）」

「啊，好的，麻煩妳了。」

……就這樣，天道花憐依舊熱心地幫老師的忙。與其說那是在爭取印象分數，其實是因為她重視從中獲得的特殊經驗……順帶一提，這裡提到的特殊經驗也包含「搬教材就可以裝成行動不便，並且放慢腳步從F班門口偷看某個路人型落單電玩咖男生」這個項目。坦白講，那占九成。

接著，對這樣的她來說最憂鬱的時間就是午休。因為這段時間有相當高的機率會變成「告白拒絕時間」，而且她最近對這項行為的不擅程度正在增長。之所以如此……

「為什麼……為什麼妳不肯和我交往！果然……果然是因為我這種人配不上妳嗎！」

校舍後面響起了幾乎形同初次見面的同年級男生所說的話，天道則冷靜而淡然地回答：

「不，並不是那樣的。理由主要可以分為兩個。首先很抱歉的是我和你並不熟，這是其一。當然，我想往後我們還是可以當朋友。只不過，我還有一個不能和你交往的理由，那就是我根本──」

沒有和男性交往的意願──當天道正準備把平時用的常套句繼續講完時，男方卻意想不到地對她追問：

「難道……難道妳有喜歡的人嗎，天道同學！」

「嗯咦？」

問題來得突然，讓天道花憐的思考停頓。不，換成以前的她，應該會隨即露出一抹微笑說：「不，不是那樣喔。」然後繼續說明自己純粹是沒意願跟任何人交往。然而，現在……

不知怎地，讓人覺得完全不像鼎鼎大名的天道花憐……臉變得紅通通，而且心慌意亂，頭低低的，還用手遮著嘴巴講出曖昧不清的答覆。

「咦？不、不是的，我哪有喜歡的人，你、你真笨，哪有可能會那、那樣嘛。不、不不不是那樣的，我根本就沒有，根本就沒有和任何人交往的……意願…………啊！沒、沒有喔！我才沒有想像自己在跟誰交往，還覺得心裡很幸福喔！」

「？咦？什、什麼？呃……不好意思，妳剛才是在講什麼……？那麼妳聽了我的告白是覺得……？」

「啊，我完全不打算答應。零意願。」

「好狠！」

「啊，我說錯了，對不起！奇、奇怪了，我、我本來並不會用這麼無情的方式拒絕別人喔，請你別誤會。啊，不過，我是真的不能和你交往——」

就這樣，天道花憐最近拒絕告白的方式到最後不知為何都會搞得一團糟。對她來說，午休時間變得比以前更令人憂鬱了。

不過，所有課程上完以後，放學時間對天道來說是最幸福的一刻——原本理應是如此。

「……天道？天道！」

「啊。」

被隸屬電玩社的辣妹風電玩狂大磯新那——通稱新那學姊一叫，天道花憐才嚇得反應過來。回神的她這才發現自己剛才操縱的格鬥電玩角色已經遭對手完封敗了。

大磯語氣擔心地朝愣住的天道說：

「感覺妳最近常常發呆耶……沒事吧？」

「啊，是，對不起……最近我好像一不注意就會想事情想到出神。我是怎麼了……？」

「哎，既然不是身體不舒服就算了……那麼，妳都在想什麼？」

「……這個嘛，我自己也找不出有什麼共通點……呃，從我腦海閃過的全是一些沒頭沒尾的回憶……」

「哦～～比如說呢？」

「這個嘛……我想即使像新那學姊這麼厲害，肯定也找不出共通點就是了……」

天道花憐如此講完開場白才嚴肅而困惑不已地娓娓道來。

「比如我第一次在電玩店找雨野同學講話的景象；還有我找雨野同學一起來電玩社的景象；還有我又去雨野同學他們班時的景象；還有我反過來被邀去雨野同學在的電玩同好會時的景象；還有雨野同學今天在班上也是一個人呢；還有雨野同學要是可以早一點到學校就好了；還有雨野同學為什麼不肯加入電玩社呢？真讓人惱火；還有雨野同學跟他身邊那些女生實際上是什麼關係呢？另外，我最常想起的就是自己發現雨野同學從電玩中心回家時曾對我們電玩社大力稱讚的景象，這些事都一次又一次地在我腦海裡反覆浮現呢…………呵呵。」

「…………」

「……唉。啊～～話說，即使像這樣思考，果然還是一點也理不出頭緒對不對，新那學姊？最近我想起的那些情境到底有什麼共通點──咦，奇怪？新那學姊妳要去哪裡！妳為什麼一副吃不消的表情！欸，等一下，今天只有我們兩個上社團活動耶，妳要去哪裡……唔，喂～～學姊！」

因為如此，最近的狀況是連電玩社的活動都進行得不太順利。

接著，結束社團活動回家的天道花憐就會預習／復習功課、收集電玩情報當調劑、做好明天的準備，然後上床早早就寢。於是……

「（明天，雨野同學是不是就會來電玩社了呢？……啊，反、反正他來不來電玩社對戰力都不會構成任何問題，何況我也沒有希望他來！哎，不、不過如果他要來，我倒不是不歡迎。嗯，要是那樣，就由我來好好替他的電玩技術打基礎……呵呵……呵呵呵……）」

想著這些的她入睡以後，自然會夢見有雨野景太擔綱演出且讓人臉紅心跳的情境……結果就導致隔天早上起床又得翻來覆去的狀況。

如此這般，天道花憐在今天——

同樣度過了以某方面來說意義和過去別有不同的華麗的一天。

後記

從本作開始接觸我的作品的讀者們大家好，初次見面，我是作者葵せきな。

我想先做個聲明，在我的作品裡，後記往往會寫得比較長。理由是出於不放廣告，也不跟本篇內容協調頁數，然後還要再加上我的「後記運」似乎不太好。

基本上，我骨子裡就是個深居簡出到會寫出《GAMERS電玩咖！》這種作品的繭居族，日常生活自然不可能有什麼新意。然而要我以「後記」名義交出長達十幾頁私生活報告的狀況，不知道為什麼每隔幾個月肯定就會來一次，簡直像某種訓練。

因此，這次的後記……要寫九頁。一看頁數就覺得長！

所以嘍，儘管我希望在此寫一些對後記長度的牢騷來混頁數，不過像我這樣經驗豐富，類似的梗其實已經都在過去系列作的後記中玩到山窮水盡了，只好含淚作罷。可惡。

好的，認命的我決定先認真談作品。

首先《GAMERS電玩咖！》這篇故事是怎麼誕生的呢？

我只能說主要都是出於我的興趣。明明是在領酬寫稿的商業誌連載，我卻沒有把職業意識或娛樂意識放前面，非常抱歉。

我真的沒有接到任何人委託，就只是隨興發揮把作品寫出來，讓前任責編看過以後就悠悠哉哉地開始在《Fantasia Beyond》上面連載，乃至集結成冊……來龍去脈就是如此，因此真的只是出於興趣。

由於是相當私房性質的作品，說來令人汗顏，我在本作裡將自己投射了不少進去。尤其是主角的生活環境，活脫脫是以作者的高中時期當藍本……在商業誌上這樣做對嗎！

但我姑且有理由。我想讀者在讀過以後就會知道，本作的主題之一是「各人看待電玩的態度差異」。

再加上主角雨野是個不慍不火，別無才華，玩遊戲也沒有格外講究，對電玩擁有極「普通」觀感的主角。

既然要著重描寫將「普通」要素表露在外的人，那麼參考我最熟悉的「普通人」……也就是參考自己來寫才快吧。

因此，雨野身邊的環境就囊括了我個人零零總總的經歷。不過話雖這麼說，雨野仍然是雨野。他再怎樣也不會變成作者的代言人，而是具有獨立思維的主角，往後若能讓各位對這部分安心地讀下去便是甚幸。

那麼，關於這部系列的作風，我想這會成為在我作品史上最輕鬆的故事。

畢竟主題是電玩，又沒有激烈競爭，主角基於「普通」特質自然不會有什麼悲慘的過去，想沉重也沉重不起來。某方面來說，相較於徹底搞笑的上上部作品《學生會的一存》，我想這會是更輕鬆開朗的故事。

因此，各位往後閱讀這部系列時，要是能輕輕鬆鬆地笑著享受戀愛喜劇裡的逗趣成分、電玩橋段裡引起共鳴的二三事，還有誤解錯綜複雜的蠢蠢氣氛，那就是我的榮幸。

當前關於下一集的內容，其實現階段（二〇一五年三月二十日）已經有幾話連載於《Fantasia Beyond》上了。

至於其他方面的進展……戀愛喜劇的部分預計會有相當大的變動，敬請期待。

關於作品，要談的大致就是如此。

…………

咦，奇怪了，這次後記的頁數才用不到一半，我就把作品談完了……我明明覺得自己談了很多耶……

……不得已，接下來只好奉上從我私生活裡擠出來的話題。

首先是電玩話題。

從我會寫這樣的作品就能看出我最愛電玩遊戲，喜歡到希望玩一整天，喜歡到擱下原稿也想玩。

我明明就這麼喜歡電玩……可是不知道為什麼，坦白講我技術很爛。不會玩又愛玩，技術毫無長進到嚇人的地步。

當然，原因基本上出在我總是玩得又廣又淺。即使如此，技術還是爛到讓人納悶怎麼可以沒進步到這種程度。

像動作遊戲那種要求瞬發力的遊戲，我尤其玩不好，實在無法取笑某電玩〇心ＣＸ的有野課長。

還有，我沒毅力又容易挫折，玩電玩技術這麼沒長進，就算立刻厭倦也不奇怪才對……可是不知道為什麼，我就是不會變成那樣。說起來，我依然一直都喜歡。

要問理由，我也不太明白。即使碰見有人抱怨近年的遊戲難到讓人反感，我也會表示同意：「啊～～說得對呢。」因為我的技術就是爛成那樣。

然而，這卻不能跟討厭電玩畫上等號，我反而覺得好玩。超愛的。

我想那大概就是「娛樂」。像這種對電玩無法一語道盡的情感，要是能多少從這部小說裡表達出來就太讓人高興了。

接著是關於旅行的話題。

我非常懶得出門，不知道該說是嫌麻煩或者繭居症。呃，因為我獨居，所以過生活要完全不出門是不可能的。然而，我就是屬於希望盡量待在家的那種人。

因此，偶爾要是排了和家人或熟人去旅遊的行程，我從啟程的前一段時間就會憂鬱到不行，心裡盡想著：「唉～～好麻煩。」

明明如此……實際去了以後，我卻會變成整團裡最興奮的人，看到風景就直呼好美好美，吃到餐點就直呼棒棒棒。繭居的習性反而導致我在外出時的感動特別強。

然後，每次都充分享盡旅遊樂趣的我一回到家，又會發懶表示：「我哪裡都不想去了～～」實在搞不懂自己。

順帶一提，我最喜歡的遊戲是可以在美麗壯闊的大自然裡任意走動的那種作品……唉，怎麼搞的，我到底想怎樣嘛。

關於致詞的話題。

先前在富士見Fantasia大賞的頒獎典禮上，我曾被找去代表評審致詞……終於讓我碰到了這一天。

之所以這麼說，是因為我想我在之前的後記已經表達出自己的為人，總之我是一直以來都盡可能避免在人前致詞或講話的那種人。明明從事作家這種堪稱獨力作業之極致的工作，卻碰上了被迫在眾多人前致詞的日子，該作何解？

呃，說來說去，以往我也碰過簽名會一類在人前露面的機會。只不過，當時基本上只要講些「今天非常感謝各位」之類的話就ＯＫ了。再說，一一和到場的客人講話也可以表示平日的感謝，我只覺得超開心。

然而……一旦要講「由評審贈與新進作家的金玉良言」，那就是另一回事了。什麼嘛。老實說，我的內心還停留在出道第一年喔。何止如此，想法根本就是高中生等級喔。和責編講電話主要都是在聊「這週的ＪＵ〇Ｐ哪部漫畫好看」，比討論作品還多；和同屆作家聚會，依照我的精神年齡都能玩瑪利〇派對玩到High翻天喔。

這樣的我能給新進作家的建議頂多只有一句：

「你們要小心後記。」

差不多就這樣。當作家的心理準備？像那種玩意，我才希望別人來教我啦！

我可是到現在還拚命把自己投射在主角身上來寫幼稚小說的作家耶！我自負是富士見別字漏字第一多的作家耶！我是連半條業界祕辛都不知道的作家耶！我是連後記頁數都無法隨

意調整的作家耶！

這樣的我才沒有什麼事情可以教別人！

乾脆發飆離開頒獎典禮的會場——我更不是索性就能做出這種事的作家。結果抖個不停的我就將眾前輩作家的致詞內容抄了又抄——不對，我參考了他們才勉強完成致詞。

以往我曾經一再感嘆自己不擅長寫後記，可是到了這一次，我反而發現自己最不擅長的是給別人建議。

順帶一提，這樣的我在致詞時，開頭就講了「我現在非常緊張」這樣的喪氣話，還義正嚴詞地講明：「以往的前輩們致詞都沒有看小抄，可是我要看！」然後就談起了「基本上，每個人各有當作家的一套」這種雞飛蛋打的論調，對新進作家來說是段毫無營養的糟糕致詞，謹在此附記。

好，東拉西扯地將後記填得差不多了喔，接下來發表謝辭。

首先是這次負責為《GAMERS電玩咖！》繪製插畫的仙人掌老師，感謝你提供許多精美可愛的插畫！看到天道的封面插畫時，我格外能體會雨野的心情：被這樣的女生搭話當然會心慌嘛。真的非常感謝你替作品裡的描述添增了壓倒性的說服力。

接著是責編&前任責編。這種完全興趣本位的小說能在網路上連載，還推出文庫本，真不知道該怎麼感謝才好。我也不曉得這部系列之後會怎麼走，往後若還能得到兩位鼎力相助便是甚幸。

然後，我更要感謝買下本書的各位讀者。

這部步調悠閒的電玩咖戀愛喜劇，各位讀得還開心嗎？我想今後在劇中人物的身邊一樣不會發生什麼戲劇性的大事件，但如果各位能將日常生活裡有電玩的幸福感當成這部系列的醍醐味，那就太令人高興了。

那麼，但願我們能在下一集相見。

葵せきな

Kadokawa Light Novels

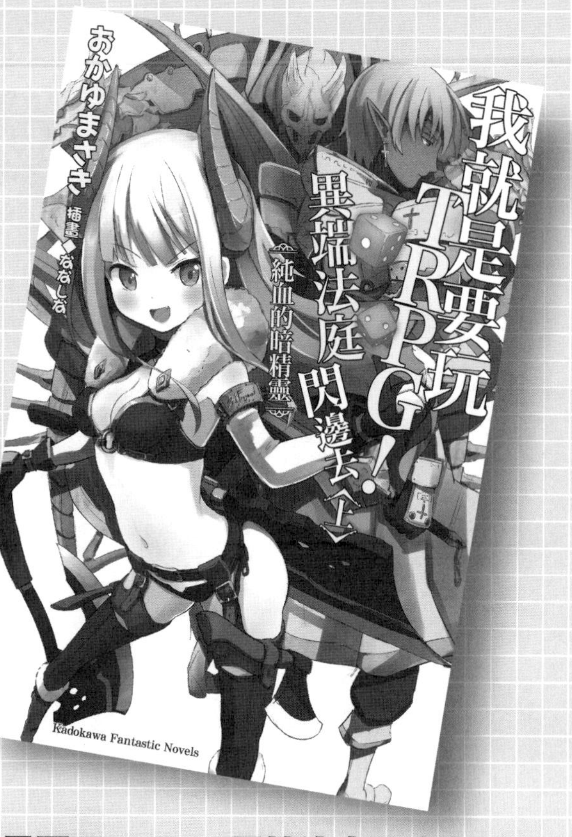

我就是要玩TRPG！異端法庭閃邊去 上

Kadokawa Fantastic Novels

作者：おかゆまさき　插畫：ななしな

桌上角色扮演遊戲

TRPG玩得好，人生就是彩色的！
桌上型RPG「跑團」小說登場！

吸血鬼獵人刀儀野祇園為了要解決魔王級吸血鬼琉德蜜娜，而造訪聖羅耀拉學院。在他潛入學生會室揮刀打算滅殺琉德蜜娜時，卻飛到了熱愛TRPG的琉德蜜娜，以特殊能力創造的「由TRPG規則支配的冒險世界」——來，陪吾等體驗這段奇蹟般的冒險之旅吧！

台灣角川

NT$200/HK$60

Kadokawa Light Novels

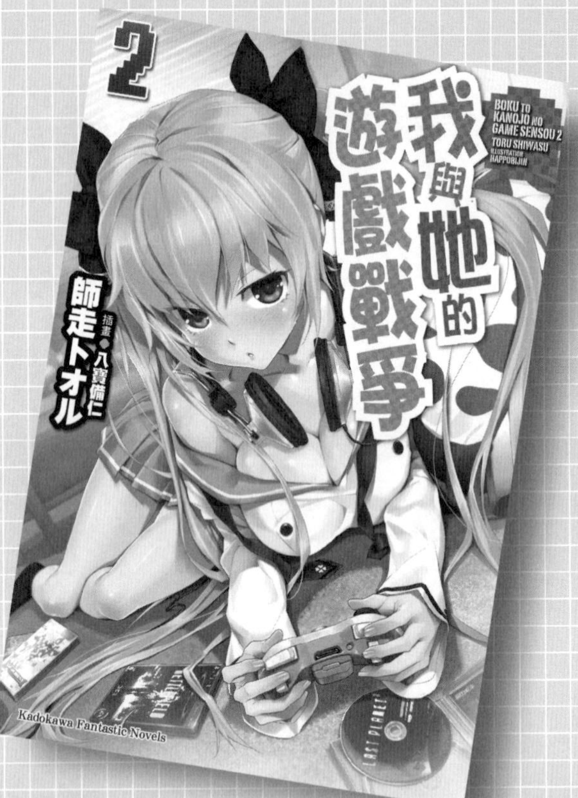

我與她的遊戲戰爭 1~2 待續

作者：師走トオル　插畫：八寶備仁

知名電玩遊戲以真實名稱登場的話題人氣系列，必定讓你興奮得手心冒汗！

岸嶺健吾加入了現代遊戲社，雖然初次挑戰電玩大賽輸得一敗塗地，不過他總算振作起來，與天道及瀨名著手解決擺在眼前的問題：缺少的第四名社員。就在他們四處尋覓時，一個態度強硬的金髮蘿莉巨乳少女出現在他們面前……

各 **NT$220~240/HK$68~75**

台灣角川

國家圖書館出版品預行編目 (CIP) 資料

GAMERS 電玩咖！ 1 雨野景太與青春的 CONTINUE / 葵せきな作；鄭人彥譯 -- 初版 -- 臺北市：臺灣角川，2016.04

面； 公分

譯自：ゲーマーズ！ 雨野景太と青春コンティニュー

ISBN 978-986-473-038-4(平裝)

861.57　　105003089

Kadokawa
Fantastic
Novels

GAMERS電玩咖！ 1

雨野景太與青春的CONTINUE

（原著名：ゲーマーズ！ 雨野景太と青春コンティニュー）

2016年4月27日 初版第1刷發行
2021年1月11日 初版第2刷發行

作者：葵せきな
插畫：仙人掌
譯者：鄭人彥

發行人：岩崎剛人
總編輯：蔡佩芬
編輯：孫千棻
美術設計：李思穎
印務：李明修（主任）、張加恩（主任）、張凱棋

發行所：台灣角川股份有限公司
地址：105台北市光復北路11巷44號5樓
電話：（02）2747-2433
傳真：（02）2747-2558
網址：http://www.kadokawa.com.tw
劃撥帳戶：台灣角川股份有限公司
劃撥帳號：19487412
法律顧問：有澤法律事務所
製版：尚騰印刷事業有限公司
ISBN：978-986-473-038-4